KB036829

악질가

b판시선 51

하종오 판소리체시집

악질가

도서출판 b

  판소리체시는 연희를 목적으로 썼지만 묵독하는 시로
서 언어적 완결성도 추구했으므로, 소리꾼은 장단에 맞게
조금씩 고쳐서 불러도 좋겠다.

  대한민국에서 군郡으로 지칭되는 지방의 구성체를 보면
군수, 군의회의원, 공무원, 토호, 주민, 이렇게 다섯 계층
혹은 계급으로 이루어져 있으며 그들은 지방정치의 주체로
생존하는데, 이 판소리체시집은 그들에 관한 이야기 여섯
편이며 창작 순서대로 수록하였다.

  그리고 마지막에 인간의 욕망을 충족시키는 데 필수조건
인 전기를 생산하는 원자력(핵)발전소에 사고가 발생할 경
우, 도리어 그 지방의 모든 생물과 무생물을 파괴, 파멸시키
는 그 원자력(핵)발전소를 배경으로 한 판소리체시 한 편을
추가하였다.

  이렇게 읽으면 어딘가에 자연스레 존재할 인간과 지방에
관한 이야기일 것이고 저렇게 읽으면 어디에도 도무지 존재
하지 않을 인간과 지방에 관한 이야기일 것이다. 부분적으로
는 누구한테서 들었을 이야기이기도 할 것이고, 전체적으로
는 누구한테서도 듣지 못했을 이야기이기도 할 것이다.

여하튼 현재적인 이야기를 담은 판소리가 작창되기도
또 불리기도 쉽지 않은 요즘, 현재적인 판소리로 불릴 수
있는 시를 쓰고 싶어서 썼고, 현재적인 판소리를 부를 수
있는 소리꾼을 위한 시를 쓰고 싶어서 썼다.

하종오

|차 례|

악질가 惡質歌

예로부터 하도 날강도인 토호들, 날도둑인 토호들이 많아
그들의 요구에 따라
강도군強盜郡이라는 군청 명칭이 붙고
열네 개 읍면에 도둑읍면이라는 읍면사무소 명칭이 붙은
지방에
모년 모월 모일 모시에
두 사내아이가 동시에 태어났것다
한 아이에겐
타관바치 그 아비 최씨가 강도군에서 가난뱅이로 살아본
바
주민을 위해 일하는 공무원이라는 직업이 최고로 보여
장차 커서 늘 의로운 공무원이 되라는 뜻에서
작명하기를 최늘공이라 하였고,
또 한 아이에겐

본토박이 그 아비 전씨가 강도군에서 대대로 터 잡고 산 토호답게

막돼먹어야 잘 먹고 잘산다는 인생관에 따라

항차 대갈빡 굵어지면 최고의 불한당이 되라는 뜻에서

작명하기를 전악질이라 하였으니,

한마을에서 자라는 최늘공과 전악질이

사주팔자가 똑같아서

타관바치든 본토박이든

보통사람들 보통이웃들이

호기심 어린 눈으로 지켜보았다더라

누가 본들 언제 본들 어디서 본들

최늘공은 제 아비 닮아 선하고 강직한 성품 타고났고

전악질은 제 아비 닮아 악하고 요사한 성품 타고났구나

어릴 적부터 하는 짓이

달라도 너무나 달라서

그 하는 행동을 볼작시면

꿀벌들이 날아다니면

최늘공은 꽃향기 찾아서 심호흡하기,

전악질은 붙잡아 제 몸에 봉침 놓기,

소낙비가 쏟아지면

최늘공은 우산 펴서 남들에게 씌워주기,

전악질은 웅덩이 뛰어들어 흙탕물 튕기기,

잎사귀가 흩날리면
최늘공은 바람 속에 서성이며 사색하기,
전악질은 주워서 찢고 밟아서 짓뭉개기,
함박눈이 내리면
최늘공은 망연히 하늘바라기 하기,
전악질은 공연히 눈사람 걷어차기,
그러구러 초중고까지 둘이 같이 학교 다녔으나
성적이 상위에 들어도 집안이 가난한 최늘공은
대학에 들어가지 않은 채 애오라지 행정고시 합격하여
강도군수로 부임하리라는 청운의 꿈을 품고 연년이 재도
전했것다
성적이 꼴찌라 열등감이 심해도 돈푼깨나 있는 집안 자식
전악질은
정원 미달 대학에 들어가 겨우 마쳤겄다
앞서거니 뒤서거니 육군 졸병으로 의무복무하고 둘이
사회에 나온
어느 날,
군사독재 반대하여 사형언도 받고 수감되었다가
감옥에서 절치부심, 출옥해서 와신상담,
민의를 알고 민심을 얻고 애민정신으로 순민심하여
드디어 대통령에 오른 일세의 정치가가
민주주의를 너무나 신봉한 나머지,

독재정권이 만든 중앙집권제 국가 체제를 단호하게 해체하고

풀뿌리 민주주의를 공고히 실현하기 위하여

지방자치제를 실시한다고 전격적으로 공표했것다

얼씨구나 지화자

대통령 직선제에

지자체장 직선제

절씨구나 지화자

지방공무원으론

거주민 우선 채용

어절씨구나 지화자

타관바치 살맛나고

본토박이 살맛난다

이때가 어느 땐가?

산기슭엔 진달래꽃, 마을길엔 산수유꽃, 마당귀엔 매화꽃,

만화방창 꽃이 피고 천지간에 기운이 도는 춘삼월,

전국 각 지방마다 다들 벌어 먹고살기 바쁜데

날고 긴다는 인간들은 다 한자리씩 차지하려고 야단법석 떠는 시절,

당연히 강도군에서도

군수를 투표로 선출한다는 소식으로

군청 공무원을 공개 모집한다는 소식으로
열네 개 읍면에는
기세등등 날강도들 날도둑들이든
애면글면 보통사람들 보통이웃들이든
꽃 피는 소리보다 떠들썩하구나
저 꼴 봐라, 저 꼴 봐라
토호 자식 전악질이
느닷없이 귀향하여
민선 1기 군수에 입후보하고는
불철주야 보통사람들 보통이웃들 찾아
허리 꺾고 굽신굽신,
고개 숙여 넙죽넙죽,
한 표라도 더 받으려고
손 비비고 몸 비비꼬고
평소 같으면 절대로 인사하지 않을 읍내 풍물시장 장사꾼
들에게 헤헤헤, 면내 농사꾼들에게 헤헤헤,
어려서부터 천방지축 우왕좌왕 좌충우돌하던 전악질이
정치이념이 있것냐
대학물을 먹었어도 서책 한 권 읽지 않은 젊은 전악질이
군정철학을 세웠것냐
그저 얼렁뚱땅, 그저 애걸복걸, 그저 사정사정, 그저 혈기
왕성,

존경하는 강도군민 여러어분,

군민께서 청탁 청탁하신다면 무조건 무조건 들어주겠습니다아. 모조리 모조리 들어주겠습니다아. 저 전악질을 뽑아주십시오오, 늙으신 어르신들께서 쉬고 계셔도 저절로 돈이 불어나는 돈주머니 돈주머니를 차드리게 해주겠습니다아.

유세차를 탄 전악질이 과장된 제스처로 강도군 곳곳을 쑤시는데

군민이 보이면

하차하여 미소 짓고

공손하게 악수 악수,

군민이 보이잖으면

확성기 틀어서

시끄럽게 방송 방송,

도보로 터벅터벅

차량으로 부릉부릉

강도군 열네 개 도둑읍면

동서남북 사방팔방

싸돌아다니고 싸돌아다닌다

쌀도둑 토호를 위한 쌀도둑읍, 간장도둑 토호를 위한 간장도둑면, 된장도둑 토호를 위한 된장도둑면, 나물도둑 토호를 위한 나물도둑면, 인삼도둑 토호를 위한 인삼도둑면, 도토리도둑 토호를 위한 도토리도둑면, 과일도둑 토호를

14

위한 과일도둑면,

　돌며 돌며 유세하다가 먹을거리에 입맛 쩝쩝 다시고,

　꽃도둑 토호를 위한 꽃도둑면, 흙도둑 토호를 위한 흙도둑
면, 돌도둑 토호를 위한 돌도둑면, 나무도둑 토호를 위한
나무도둑면, 옷도둑 토호를 위한 옷도둑면, 보석도둑 토호를
위한 보석도둑면, 반려묘도둑 토호를 위한 반려묘도둑면,

　돌며 돌며 유세하다가 견물생심에 입 쩍쩍 벌린다

　강도군 열네 개 도둑읍면 보통사람들 보통이웃들이 날강
도 토호들과 날도둑 토호들 위세에 못 견디던 참에

　군민의 청탁을 들어주고

　돈주머니를 차게 해주겠다는데

　보통사람들 보통이웃들 그 누가

　전악질에게 박수를 치지 않으랴

　전악질 군수 후보에게 박수! 짝짝짝 짝짝짝

　전악질 군수 후보에게 박수! 짝짝짝 짝짝짝

　그럴수록 기가 살아 말 같잖은 말 함부로 떠들어 쌓는
전악질에게

　동네 짐승들이 저희들만 아는 저희들 언어로 이렇게 한마
디씩 했다더라

　전악질이 한 표 줍쇼, 고개 숙일 땐 암캐들이 컹컹, 개새끼!

　전악질이 두 표 줍쇼, 고개 숙일 땐 암소들이 음메, 소새끼!

　전악질이 세 표 줍쇼, 고개 숙일 땐 암탉들이 꼬꼬댁,

닭대가리!

전악질이 네 표 줍쇼, 고개 숙일 땐 암퇘지들이 꿀꿀, 돼지머리!

그래도 오로지 표를 얻으려고 유세에 매진하고 지친 몸을 이끌고 귀가한 전악질이

날이 어두워지는 골목에 들어서다가

누군가 다가오길래

한 표가 어디 있다가

이제야 나타나나?

한 표를 놓칠 수 없지

허리 꺾는 순간,

이거 얼마 만인가?

양어깨 덥석 잡길래

고개를 들어보니

불알친구 최늘공이라,

계면쩍은 전악질이

그래도 한 표라고 떠받들어

머리 조아린 다음,

부탁하네 부탁하네 한 표 부디 부탁하네

마지막까지 한 표를 끌어모은 후

최늘공과 헤어져 얼른 집에 들어왔것다

옷 벗고 샤워하고 밥상 앞에 앉아 속다짐하기를,

강도군수만 되어 봐라, 하찮은 군민을 만날 날이 없을 거야, 지지리 궁상맞은 군민을 볼 날이 없을 거야, 별 볼 일 없는 쵀늘공을 마주할 날이 없을 거야
 전악질이 꿍꿍이속이 이러한데도
 야, 야, 우리가 남남이냐?
 야, 야, 우리가 남남이냐?
 강도군민이 표를 몰아주어
 쉽사리 강도군수에 당선되었것다,
 오, 오, 이게 꿈이냐? 이게 생시냐?
 오, 오, 이게 참말이냐? 이게 정말이냐?
 전악질이 강도군청에 첫 등청을 하는데
 리무진 타고 와서 수행비서가 차 문을 열어줄 때까지 앉았다가
 현관 앞에 내려서 발걸음을 떼기 시작한다
 그 모양을 볼작시면
 푸른 양복에 붉은 넥타이
 백구두에 검정 양말
 쥐 면상에 하이에나 눈초리
 긴 상체에 짧은 하체
 양손 양팔 뒷짐 지고
 팔자걸음 어기적어기적
 이따금 체머리 흔들흔들,

이따금 헛기침 에헴에헴,
현관문에서 군수실까지
왼편으론 여자공무원들이 일렬로 도열 도열,
오른편으론 남자공무원들이 일렬로 도열 도열,
아가리 터지도록 소리소리 질러 쌓는다
군수님 군수님 우리 군수님
강도군 전악질 우리 군수님
환영 환영 대환영 무지무지 환영해요, 호호호
환영 환영 대환영 무지무지 환영해요, 후후후
연신 싱긋벙긋 웃는 전악질을 보고
연방 싱글벙글 웃는 전악질을 보고
단번에 착 눈치채고 대번에 확 깨쳤구나
여자공무원들, 아양 아부하여 승진 승진! 승진하자!
남자공무원들, 충성 맹세하여 영전 영전! 영전하자!
여자공무원들 남자공무원들,
때로는 혼자서 때로는 짝지어서
풀방구리에 쥐새끼 드나들 듯
젊디젊은 군수 혼자 사는 사저로
어찌 중뿔나게 드나들지 않겠느냐
이렇게 허구한 날
공무원들이 군청 공무를 보지 않고 군수 가사를 돌보건만
만류는커녕 흐뭇흐뭇 거절은커녕 흐뭇흐뭇

너무 흐뭇한 전악질이

취임 후 첫 인사를 단행하였것다

햅쌀로 밥해온 여자공무원은 쌀도둑읍장에 임명! 임명!

쌀도둑읍을 토호들이 원하는 대로 잘 관리하라

맛난 간장 달여온 여자공무원은 간장도둑면장에 임명!
임명!

간장도둑면 토호들이 원하는 대로 관리하라

묵은 된장 담아온 여자공무원은 된장도둑면장에 임명!
임명!

된장도둑면 토호들이 원하는 대로 관리하라

싱싱한 산나물 캐온 여자공무원은 나물도둑면장에 임명!
임명!

나물도둑면 토호들이 원하는 대로 관리하라

6년근 인삼 구해온 여자공무원은 인삼도둑면장에 임명!
임명!

인삼도둑면 토호들이 원하는 대로 관리하라

진한 도토리묵 쑤어온 여자공무원은 도토리도둑면장에
임명! 임명!

도토리도둑면 토호들이 원하는 대로 관리하라

달콤한 과일 따온 여자공무원은 과일도둑면장에 임명!
임명!

과일도둑면 토호들이 원하는 대로 관리하라

예쁜 꽃씨 뜰에 뿌려준 남자공무원은 꽃도둑면장에 임명! 임명!

꽃도둑면 토호들이 원하는 대로 관리하라

기름진 흙 실어와 복토해준 남자공무원은 흙도둑면장에 임명! 임명!

흙도둑면 토호들이 원하는 대로 관리하라

진기한 수석 집 안에 놔준 남자공무원은 돌도둑면장에 임명! 임명!

돌도둑면 토호들이 원하는 대로 관리하라

멋진 관상수 마당에 심어준 남자공무원은 나무도둑면장에 임명! 임명!

나무도둑면 토호들이 원하는 대로 관리하라

명품 의상 장롱에 채워준 남자공무원은 옷도둑면장에 임명! 임명!

옷도둑면 토호들이 원하는 대로 관리하라

값비싼 보석 가져온 남자공무원은 보석도둑면장에 임명! 임명!

보석도둑면 토호들이 원하는 대로 관리하라

혈통 좋은 반려묘 안아다 준 남자공무원은 반려묘도둑면장에 임명! 임명!

반려묘도둑면 토호들이 원하는 대로 관리하라

전악질이 강도군 열네 개 읍면 권력을 잡고 보니

날강도 토호들이 판치는 강도군 행정 명칭이 제멋에 좋았
고

날도둑 토호들이 설치는 도둑읍면 행정 명칭이 제 느낌에
좋았더라

강도군 열네 개 도둑읍면 읍면마다

날강도 토호들이 후무리고 날도둑 토호들이 후무린 물건
을 건네받아

물각유주物各有主,

물건엔 제각각 임자가 있는 법!

저희들끼리 귓속말로 문자 쓰며

전악질에게 갖다 바치는

일곱 여자읍면장을 일러 자칭 타칭 칠공주라고 부르고

일곱 남자면장을 일러 자칭 타칭 칠왕자라고 부르더라

현장 시찰 가는 길엔 좌칠공주 우칠왕자로 우르르르 우르
르르,

유지들 대소사 찾는 길엔 좌칠왕자 우칠공주로 우르르르
우르르르,

전악질이 행차하는 광경을 볼 적마다

칠공주 칠왕자에 속하지 못한 공무원들,

조바심 나고 안달복달 나서

알아서 기고

몰라서 기고

알면서도 모르는 척 기고

모르면서도 아는 척 기니

강도군수 전악질이

머리 잘 돌아가서 내 말씀 잘 안 듣는 놈은 한직으로
뺑뺑이, 히잇!

머리 잘 안 돌아가서 내 말씀 잘 듣는 놈은 요직으로
제자리, 히잇!

내 앞에 줄 안 서는 놈은 오지로 좌천, 히잇!

내 뒤에 줄 안 대는 놈은 타지로 파견, 히잇!

날이 갈수록 남몰래 날강도 심보를 터득하고

달이 갈수록 남몰래 날도둑 심보를 터득해서

불현듯 전자민원창구에 자나 깨나 올라오는 민원 글이
읽기 싫어 폐지, 폐지해버렷!

불현듯 종합민원실에 날이면 날마다 몰려오는 민원인이
보기 싫어 폐쇄, 폐쇄해버렷!

마침내 물품은 오래 아는 놈하고만 수의 계약하여 구입,
구입해버렷!

마침내 공사는 익히 친한 놈하고만 수의 계약하여 강행,
강행해버렷!

지역 언론에서 뒷거래로 의심하여 취재하기도 전에

공무원은 떼거리로 공정거래라고 먼저 주장해대고,

지역 기자가 의혹 기사를 특종으로 쓰기도 전에

공무원은 떼거리로 기레기라고 먼저 욕질해대는구나

전악질의 삼촌이 무허가 증축하면

건축 담당 공무원이 군수 삼촌이라서 불법 아니오,

전악질의 사촌이 쓰레기 투기하면

환경 담당 공무원이 군수 사촌이라서 불법 아니오,

전악질의 오촌이 농지 휴경하면

농지 담당 공무원이 군수 오촌이라서 불법 아니오,

전악질의 칠촌이 몰래 부탁하면

감사 담당 공무원이 군수 칠촌이라서 불법 아니오,

이러니 강도군수 전악질이

시장이 부러울쏘냐!

도지사가 부러울쏘냐!

장차관이 부러울쏘냐!

국무총리가 부러울쏘냐!

대통령이 부러울쏘냐!

군수가 곧 군통령 아닐런가?

군통령이 최고로다!

군통령이 최고로다!

민주주의 굿굿,

풀뿌리 민주주의 굿굿,

민주주의 나이스 나이스!

풀뿌리 민주주의 나이스 나이스!

그래서 나 전악질이 군통령도 하잖아! 으하하하하 으하하하하

기고만장 몇 달 가고

오만불손 몇 년 가는 사이,

제 아비가 죽어서 빈소 차린 서울 소재 대학병원 영안실에서

문상객들 맞이하다가 갑자기 기똥찬 아이디어가 반짝반짝 바안짝,

머릿속이 환해진 전악질,

하아, 왜 지금껏 몰랐던고?

하아, 왜 여태까지 몰랐던고?

강도군은 인구 절벽 강도군은 고령층뿐

앞으로 태어날 아기는 없고 온통 죽을 노인밖에 없다

그런즉 장례식장이야말로 황금알 낳는 거위,

늙은 강도군민에게 돈 벌게 해줄 궁리하고 싶지 않던 차에

늙은 강도군민으로 해서 떼돈 벌 묘수에 눈 번쩍 뜨인 전악질,

제 아비를 얼른얼른 공동묘지에 묻자마자,

거위 잡으러 가즈아! 거위 잡으러 가즈아!

황금알 낳는 거위 잡으러 가즈아!

강도군청 맞은편 산자락에 지관 데리고 올라가서

배산임수 살피고 좌청룡 우백호 명당 구해

황금알 낳는 거위 잡을 건물 짓고

떡하니 전악질장례식장이란 간판을 내걸고는,

이 터는 죽은 사람도 살아날 수 있는 길지라고 하니

혹 부활하는 망자가 생겨서 문을 닫으면 안 돼!

따라서 망자가 부활하지 못하도록 지극정성 간호해야

해!

간호조무사 자격증 가진 전직 보건소장을

현직 장례식장 바지사장으로 앉혔다고 하더라

그 적에

행정고시 합격하여 부임하고픈 강도군수 자리가

선출직으로 바뀌어서 실망하고 절망한 최늘공이

청운의 꿈을 괴로이 접었으나

강도군을 떠나고 싶지 않아

두문불출 주야불사 지방공무원 채용 시험 준비하는구나

모의고사 보면 아주 우수한 점수로 합격권에 드는데도

영문도 모른 채 필기시험마다 낙방하여 낙심하는 중에도

인터넷 강의에 귀 기울이고 예상 문제집에 밑줄 치며

그저 되풀이 읽고 그저 달달 외던 나날에

오매불망 자식이 늘 의로운 공무원 되기를 소원하며

시난고난 병치레하던 제 아비가

하필이면 지방공무원 채용 시험일에 별세하여

전악질장례식장에 빈소를 차렸는데
불알친구라고 전악질이 보내온
강도군수 조화 하나만 덩그러니 놓여 있구나
아이고 아버지
아이고 아버지
일가친척 없는 집안
빈한한 집안이라
낮이고 밤이고
문상객 하나 없소
아이고 아버지
아이고 아버지
눈물 나오 눈물 나오
울음 나오 울음 나오
나도 나도 강도군수할라오
기필코 강도군수할라오
아이고 아버지
아이고 아버지
강도군수 취임 소식
아버지께 전할라오
불효자식 용서하고
저승길 잘 가시오
아이고 아버지

아이고 아버지

최늘공이 제 아비 시신을 화장한 뼛가루를

마당 한 귀퉁이 고목 아래 묻고

이리 슬피 울고 저리 슬피 울며 그리 슬피 울며 각오할
제,

전인적으로 악질, 전방위적으로 악질, 전체적으로 악질,

전악질은 군수실 소파에 비스듬히 앉아 두 다리를 다탁
위에 턱 올려놓고

그 옆에 결재를 받으러 와 차렷 자세로 서 있는 인사
담당 공무원,

인사권자 속내를 넘겨짚고 능란하게 간계 부릴 줄 아는
인사 담당 공무원,

해마다 최늘공의 답안지를 빼서 찢어버려 불합격시킨
인사 담당 공무원에게

잘했다 잘했다 정말 잘했다,

침이 마르도록 칭찬하고 입이 닳도록 칭찬하고

금년 지방공무원 채용 시험 최종합격자 명단을 짚어보며
이렇게 말했것다

이제 강도군 공무원 전부가

나 전악질의 친애하는 사돈에 팔촌에 초중고 동기동창에
선후배,

그 사돈의 자식들에 그 팔촌의 자식들에 그 초중고 동기동

창의 자식들에 그 선후배의 자식들,

그 사돈들의 자식들들에 그 팔촌들의 자식들들에 그 초중고 동기동창들의 자식들들에 그 선후배들의 자식들들이다!

이제 강도군 유권자 과반수가

나 전악질의 친애하는 공무원의 사돈에 팔촌에 초중고 동기동창에 선후배,

그 사돈의 자식들에 그 팔촌의 자식들에 그 초중고 동기동창의 자식들에 그 선후배의 자식들,

그 사돈들의 자식들들에 그 팔촌들의 자식들들에 그 초중고 동기동창들의 자식들들에 그 선후배들의 자식들들이다!

오호 좋다, 너무 좋아, 오호 좋다, 너무 좋아,

혈연에 학연에 지연에

친가 좋고 외가 좋은 씨족사회 완성이 멀다 할 수 있겠나?

나 좋고 너 좋은 부족사회 완성이 아니 가까워졌다고 할 수 있겠나?

공정한 채점했다, 히히히

객관적 면접 평가했다, 흐흐흐

강도군에 날강도 토호들로 날도둑 토호들로 원성이 자자해도

열네 개 도둑읍면을 칠공주 칠왕자에게 맡겨놓고

삼백육십오 일 하루도 장례가 끊이지 않는 전악질장례식장에서

바지사장이 계산해주는 수익금을 선거자금으로 삼아

에헤야, 전악질이 민선 2기 강도군수

에헤야, 재선 연임 노려 대비할 무렵,

공무원 시험 준비 문제집을 불태워 버리고

낮엔 생계비를 마련하려고 전악질장례식장에서 알바하고

밤엔 집에 돌아와 혼자 강도군수 선거를 도모하는 최늘공에게

보통사람들 보통이웃들이 한둘 한둘 찾아와

위로 격려 속닥속닥 귓속말하더니

어느 날엔 수십 명 어느 날엔 수백 명 어느 날엔 수천 명

어느덧 수만 명이 몰려와서

또박또박 외치는구나

성하면 쇠하고 쇠하면 성하는 게 세상 이치!

약한 자를 가까이하고 강한 자를 멀리하는 게 인간 도리!

강도군수에 입후보하시오!

강도군수에 입후보하시오!

날강도 토호들 날도둑 토호들 더 잘살도록 협조하고

가난한 보통사람들 힘없는 보통이웃들 더 못살도록 외면하는

현 군수 전악질을 갈아치웁시다

하루 이틀 일당 몇 푼 생계지원 일자리 주선하곤

사흘 나흘 읍면 주최 각종 행사 무료봉사 요구하는

현 열네 개 도둑읍면장을 갈아치웁시다

새 군수가 되시오

새 군수가 되시오

최늘공이 확 귀가 트여

천국에 계신 하나님이 주신 기회로다!

불국에 계신 부처님이 주신 기회로다!

전악질장례식장에서 천국으로 간 강도군민 영령들이 나에게 주신 기회로다

전악질장례식장에서 불국으로 간 강도군민 영령들이 나에게 주신 기회로다!

옳다구나, 강도군수라는 청운의 꿈을 다시 펼쳐보자!

옳다구나, 강도군수라는 청운의 꿈을 다시 펼쳐보자!

다시 한번! 다시 한번! 다시 한번!

그날로 보통사람들 보통이웃들과 의기투합하여

에헤야, 재삼재사 의지를 다지고

에헤야, 민선 2기 강도군수 입후보 준비!

가자 가자

날강도 토호들을 밟고 넘어서

가자 가자

날도둑 토호들을 밟고 넘어서

오자 오자

타관바치들 손에 손을 잡고

오자 오자

본토박이들 발에 발을 맞춰

보통사람들로 한 가슴 되어 모이자

보통이웃들로 한 마음 되어 모이자

바야흐로 최늘공이 딱 이렇게 공약을 걸었것다

강도군을 민초군民草郡으로 개칭,

쌀도둑읍은 쌀읍으로 개칭,

간장도둑면은 간장면으로 개칭,

된장도둑면은 된장면으로 개칭,

나물도둑면은 나물면으로 개칭,

인삼도둑면은 인삼면으로 개칭,

도토리도둑면은 도토리면으로 개칭,

과일도둑면은 과일면으로 개칭,

꽃도둑면은 꽃면으로 개칭,

흙도둑면은 흙면으로 개칭,

돌도둑면은 돌면으로 개칭,

나무도둑면은 나무면으로 개칭,

옷도둑면은 옷면으로 개칭,

보석도둑면은 보석면으로 개칭,

반려묘도둑면은 반려묘면으로 개칭,

보통사람들 보통이웃들이 싫다면
보통사람들 보통이웃들이 바라는 명칭으로 개칭,
보통사람들 보통이웃들이 원하는 명칭이 있다면
여하한 명칭일지라도 개칭,
최늘공이 유세차 타고 가면
보통사람들 보통이웃들이 와글와글 인산인해,
민초군수 최늘공! 민초군수 최늘공! 연호 연호하는구나
최늘공이 걸어서 가면
보통사람들 보통이웃들이 바글바글 인산인해,
민초군수 최늘공! 민초군수 최늘공! 연호 연호하는구나
민심이 이러하였으니
민선 2기 군수 선거에서
전악질이 최늘공에게
압도적 표차로 진 건 당연지사지만
지기만 했겄냐
낙선 확정 발표 순간,
심장마비로 급사하여
제가 창업한 전악질장례식장에
시신으로 안치되고 말았구나
전악질을 뒤따르던 날강도 토호들은 슬금슬금 줄행랑,
전악질을 뒤따르던 날도둑 토호들은 슬금슬금 줄행랑,
최늘공 전악질 두 사람 한마을에서 같은 해 같은 달 같은

날 같은 시에 태어났다 해도

　지방자치제 하는 지방에서 사주팔자가 무슨 소용이 있단
말가?

　지방자치제 하는 지방에서 본토박이에게 무슨 텃세가
주어져 있단 말가?

　지방자치제 하는 지방에서 타관바치를 무슨 이유로 홀대
할 수 있단 말가?

　보통사람들 보통이웃들이 이구동성으로 툭, 툭, 툭, 내뱉
는다는 이야기가

　오늘날 강도군 안으로 파다하게 전해져온다, 어질더질
　오늘날 강도군 밖으로 파다하게 전해져간다, 어질더질

토호가 土豪歌

대한민국이라 일인당 국민소득 3만 달러를 구가하던 나
라,

산 좋고 물 좋은 산수군山水郡에

귀가 막히고 입이 막히는 이야기가 있었으니

지금 이 소리꾼이 입을 열어볼 테니

이곳 여러 구경꾼은 귀를 열고 들어보렷다!

전국 방방곡곡 지자체마다 온갖 축제 난무하고

관광지 개발에 온천수 개발에 도로 개설에 열 올리니,

이런 업자 저런 업자

이런저런 업자들

저런이런 업자들

여기 들썩 저기 들썩

여기저기 들썩들썩

저기여기 들썩들썩

한밑천 챙기려고 나대고 설치던
그 적에
심심산골 산수군에서도
이런 업자 저런 업자가 멍청하게 있을쏘냐
전국적 분위기를 타고 재미 좀 보려고
잔머리를 굴리며 신세타령을 하는구나
누구는 팔자 좋아
떼돈을 벌어대고
우리네 팔자는
어떠한 팔자라서
양손은 빈손이고
주머닌 빈 주머닌가
앞산도 첩첩하고
뒷산도 첩첩하네
앞골도 물 깊고
뒷골도 물 깊네
이 노래를 산수군수가 들었으니
산수군수의 귀가 되어 민심을 살피고
산수군수의 입이 되어 군민을 달래는
공보관에게 아니 들렸것느냐
이 공보관으로 말할 것 같으면
산수군 여러 업자들의 불알친구,

공부 잘해 서울로 유학 가서

독재정권 시절엔 학생운동가 민주화운동가,

민주정권 시절엔 겁나게 봉급 많이 주는 보수 언론사에
들어가 특종만 하다가

고위층 부인 관련 부동산 스캔들을 단 한 번 오보 날려서
잘린 기자,

산수군 동향 후배라

산수군수가 특별히 영입한 측근 중 측근,

아무리 최측근이라 해도

궁벽한 지자체에서

무슨 문제가 많고 어떤 사건이 많아

군수의 귀를 대신할 일이 있으랴

군수의 입을 대신할 일이 있으랴

달마다 봉급 받고 날마다 놀던 차에

산수군을 활성화할 묘수를 궁리해 보라는

산수군수의 지시를 받고 나서

지프차를 운전하여 부릉부릉 부르릉

저 산봉우리에 올라가서 계곡을 내려다보고, 산자수명!

이 골짜기에 내려와 수풀을 올려다보고, 요산요수!

마음으로 감탄하고 몸으로 탄복하다가

아, 그렇지,

문화재도 없고 명승지도 없고 역사적 인물의 생가도 없는

산수군에

휴양림을 조성하고 펜션을 건축하여 관광객을 유치하자!

이렇게 공보관의 머리통이 한 번 크게 돌아가더니만

첫째, 군수에게 잘 보일 수 있는 건이닷!

둘째, 산수군을 발전시킬 수 있는 건이닷!

셋째, 군민이 돈벌이할 수 있는 건이닷!

크크크, 3박자가 잘 맞으면 나도 한밑천 챙길 건이닷!

단번에 큰 건수 하나 건졌다고 직감한 공보관이

내리 일주일 밤낮으로 혼자 사업계획서를

노트북에 독수리 타법으로 입력 탁탁탁

디지털 프린터로 인쇄 슥슥슥

군수에게 잽싸게 올렸것다

아, 아, 이런 사업이

아, 아, 이런 멋진 사업이

아, 아, 이런 시대에 걸맞은 사업이!

임기가 일 년밖에 남지 않은 산수군수는

단번에 다음 지자체장 선거에서 재선할 수 있겠다는 확신

이 섰는지

과연 공보관은

나를 위해 태어난 지략가로다

고향을 위해 태어난 불세출이로다

대번에 일사천리로 사업계획서, 싸인 쓱싹, 결재

공보관을 사업단장으로 자리 이동 인사안, 싸인 쓱싹,
결재
　공개입찰 수의계약 전권 위임안, 싸인 쓱싹, 결재
　일언이폐지하면 사업계획서 제목이 '산수군 개조안'이
라,
　그 산수군 개조안을 살짝 들여다볼작시면
　산수군은 산 좋고 물 좋을 뿐
　농지가 많지 않아 쓸모가 없고
　일거리가 많지 않아 일자리가 모자라므로
　산수군 소유지 산과 계곡을 개발하여
　휴양림을 조성하고 펜션을 건축하며
　지역 개발업체와 지역 토건업체와 지역 인터넷언론사에
일감주기
　그리고 군민을 취업시키기
　이 산수군 개조안을 슬쩍 흘리자,
　사업단장 불알친구 세 놈이 찾아오는데
　산수군청 청사에 들어서면서부터
　상반신 건들건들
　손깍지 끼고 손마디 딱딱
　고개를 좌우로 휙휙
　군수실까지 팔자걸음으로 타박타박,
　똑, 똑, 똑 노크하고 문 열고 들어선 순간,

허리를 직각으로 꺾어 인사하는구나
군수님 은혜에 편히 잠자며 지냅죠
군수님 덕분에 배불리 먹으며 지냅죠
군수님 배려에 큰소리치며 지냅죠
산수군수가 세 놈을 번갈아 보며
한쪽 눈을 찡긋, 찡긋, 찡긋, 하자,
이번엔 세 놈이 허리를 직각보다 더 꺾는구나
잘 알겠습죠, 감읍 감읍 또 감읍합죠
잘 알겠습죠, 황감 황감 또 황감합죠
잘 알겠습죠, 황공 황공 또 황공합죠
이렇게 군수실에 먼저 들러
산수군수의 의중을 알아챈 세 놈이
만족스런 표정을 지으며 사업단장을 보러 와서
공연히 호들갑을 떠는구나
이 보오, 사업단장님
그간 너무 적조해서 미안미안,
난 사무실 청소하느라 바빴소
머리카락 쓸어 넘기는 은근짜
이놈의 성명은 김토호,
이 보오, 사업단장님
그간 너무 무심해서 미안미안,
난 중고 중장비 고치느라 바빴소

양손 비비는 은근짜

이놈의 성명은 이토호,

이 보오, 사업단장님

그간 너무 연락 못 해 미안미안,

난 취잿거리 찾아다니느라 바빴소

취재 노트 펴드는 은근짜

이놈의 성명은 박토호,

세 놈의 토호가 사업단장에게 어깨를 비벼대는구나

김토호란 놈 직업은 산수개발 대표,

건물을 몇 채 가지고 있는지

아무도 모르고 사업단장도 모르고

이토호란 놈 직업은 산수토건 사장,

업체를 몇 개나 가지고 있는지

아무도 모르고 사업단장도 모르고

박토호란 놈 직업은 인터넷 산수뉴스 발행인,

기자를 몇 명 데리고 있는지

아무도 모르고 사업단장도 모르고,

여태껏 누가 알려고도 하지 않았고

지금 사업단장도 알려고 하긴커녕 시치미 뚝 떼고 하는
말이

무슨 사달이 나서 몰려왔는가?

세 놈의 토호가 사업단장에게 귓속말하는구나

사업단장님 사업단장님 우리 사업단장님

불알친구가 섭섭하면 무엇이 좋겠소?

불알 보며 자라고 불알 보며 컸는데

비밀이 있으면 불알친구 아니잖소?

사업단장님 사업단장님 우리 사업단장님

그날 저녁,

이크, 보는 눈이 있으니 김영란법에 걸릴라

세 놈의 토호가 사업단장을 모시고 국밥집에 가서

쇠고기국밥 한 그릇씩 비우며 소주 한 잔씩,

소주 한 잔으론 양이 안 차

에라 모르겠다, 아무도 안 보는 노래방에 2차 가서 캔맥주 한 박스 시켜놓고,

저 푸른 휴양림에, 좋고좋고

그림 같은 펜션 짓고, 좋고좋고

존경하는 사업단장님과, 좋고좋고

밤새워 놀고 싶어, 좋고좋고

가사를 바꾸고 반주에 맞춰서 마이크를 돌려가며 몇 번씩 불러제껴 술 깬 다음,

사업단장과 세 놈의 토호가 대리운전 불러서 멀리 온천 사우나에 가서 온탕 냉탕 들락거리며 소곤소곤, 등을 보고 일렬로 앉아 때를 밀어주며 소곤소곤, 앞을 살피며 수군수 군, 뒤를 살피며 수군수군, 옆을 살피며 수군수군, 온천

사우나에서 새벽에 나와 헤어지면서 하하하 하이파이브!

산수뉴스 발행인 박토호란 놈이 웬일이냐?

이튿날 종이신문 호외를 날렸는데

산수군민이 읽어보고는

여기 모여 저기 모여

일거리를 마련해준대,

일거리 개혁인가?

일자리를 마련해준대,

일자리 개혁인가?

이 마을 와글와글 저 마을 웅성웅성

이 마을 웅성웅성 저 마을 와글와글

군민과 대화하러 나온

산수군수를 보는 군민마다

군수님 만세 만세 천만세

군수님 만세 만세 만만세

이 마을에서 산수군수 방그레

저 마을에서 산수군수 벙그레

이제 다음 지자체장 선거는 게임 오버로구나!

이보게 사업단장, 무슨 자리 원하는가?

사업단장 자리는 아랫사람에게 물려주고

더 큰일을 맡아보는 게 어떠한가?

아닙죠, 군수님, 사업단장이 체질입죠, 흐흐흐

제가 시작한 업무는 제가 마무리해야 합죠, 흐흐흐
역시 사업단장은 명민하고 충직하오
확실하게 신임을 확인한 사업단장이
휴양림 조성과 펜션 건축 착공식을 개최한 날,
무슨 이유에선지 산수군수가 예고 없이 불참하고
세 놈의 토호가 저들끼리 이상야릇한 눈빛을 주고받는데도
사업단장은 알지 못했더라
아무려나 사업단장이
공무원들에게 유관 기관 협조 업무 맡겨놓고
산수토건 사장 이토호란 놈에게 최우선 지시하여
마을에서 산으로 들어오는 소롯길을
왕복 2차 도로로 확장함과 동시에
그 길가에 판넬로 대충대충 지어놓은
사업단 사무실에서 진두지휘하려고 하건마는
산수토건 사장 이토호란 놈이
사업단장님은 쉬면서 한 곡조 들어보소
돈을 봐라, 돈을 봐라, 저 돈을 봐라,
나무 한 그루가 돈이로다,
나무가 서 있으면 그저 숲이고
나무를 쓰러뜨리면 내겐 돈이 되도다
돈을 봐라, 돈을 봐라, 저 돈을 봐라,

이토호란 놈이 노래를 마치기도 전에

인부가 몇 명, 아니 몇십 명, 아니 몇백 명, 우르르르

전동톱을 들고 산발치서 잡목을 베기 시작해서 산꼭대기까지

한두 달 걸릴 일을 하루 이틀 만에 마구잡이로 해치울 적에

딱따구리들이 쫓겨나다가 이토호란 놈 면상에 똥을 철썩,

산비둘기들이 쫓겨나다가 이토호란 놈 면상에 똥을 철썩,

소쩍새들이 쫓겨나다가 이토호란 놈 면상에 똥을 철썩,

산새란 산새들 다 날아가다가 이토호란 놈 면상에 물똥물 똥 찌익찌익, 된똥된똥 뿌직뿌직,

고라니들 후다닥, 산토끼들 후다닥, 다람쥐들 후다닥, 청설모들 후다닥, 네발 달린 동물들 모조리 후다닥 후다닥 줄행랑치고,

중장비 기사가 몇 명, 아니 몇십 명, 아니 몇백 명, 와르르르

포클레인을 몰고 산발치에서 밑동과 뿌리를 캐기 시작해서 산꼭대기까지

서너 달 걸릴 일을 사나흘 만에 마구잡이로 해치울 적에

말벌들이 달아나다가 이토호란 놈 상판대기에 침 한 방 쏙,

꿀벌들이 달아나다가 이토호란 놈 상판대기에 침 한 방 쏙,

일벌들이 달아나다가 이토호란 놈 상판대기에 침 한 방쏙,

벌이란 벌들 다 달아나다가 이토호란 놈 상판대기에 침을 쏘아 대어 코가 볼록볼록, 따귀가 부풀부풀,

장수풍뎅이 다리 부러져 엉금엉금, 사슴벌레 다리 부러져 엉금엉금, 딱정벌레 다리 부러져 엉금엉금, 개미들 다리 부러져 엉금엉금, 다리 많은 곤충들 모조리 엉금엉금 엉금엉금 꽁무니 **빼고,**

잡목 솎아내기 작업이 끝나버렸것다

이때에 이르러

이미 산수군민이 두 갈래로 갈리어

사업단 사무실이 있는 소롯길에서

싸움판이 벌어지고 있었는데,

산수군 개조안 반대 주민들은

머리띠를 두르고, 휴양림 반대 펜션 반대!

피켓을 쳐들고, 휴양림 반대 펜션 반대!

서서 반대, 앞으로 가며 반대, 뒤로 가며 반대, 꿇어앉아 반대, 주저앉아 반대, 뒹굴며 반대, 서로 손 잡고 반대, 서로 얼싸안고 반대, 서로 등 대고 반대! 반대! 반대! 반대!

산수군 개조안 찬성 주민들은

머리띠를 두르고, 휴양림 찬성 펜션 찬성!

피켓을 쳐들고, 휴양림 찬성 펜션 찬성!

서서 찬성, 앞으로 가며 찬성, 뒤로 가며 찬성, 꿇어앉아
찬성, 주저앉아 찬성, 뒹굴며 찬성, 서로 손 잡고 찬성, 서로
얼싸안고 찬성, 서로 등 대고 찬성! 찬성! 찬성! 찬성!
　　산수군민이 이러할 적에
　　산수개발 대표 김토호란 놈이
　　편백나무 조림지, 목조 펜션 건축지
　　조감도를 그려서 세우려고
　　현장을 살펴보러 왔다가
　　뒷걸음질하며 홍얼거린다
　　이 무슨 변고인고
　　돈이 사라질라나?
　　돈이 사라질라나?
　　돈맛을 몰라서
　　반대 주민들은 반대하나?
　　돈맛을 알아서
　　찬성 주민들은 찬성하나?
　　반대 주민들이든 찬성 주민들이든
　　돈맛을 보고 나야
　　돈을 먹으려 들겠지
　　돈을 먹으려 들겠지
　　그날 저녁,
　　저녁밥도 안 먹은 사업단장과 세 놈의 토호가 대리운전

불러 멀리 온천 사우나에 가서 온탕 냉탕 들락거리며 소곤소
곤, 등을 보고 일렬로 앉아 때를 밀어주며 소곤소곤, 앞을
살피며 수군수군, 뒤를 살피며 수군수군, 옆을 살피며 수군
수군, 온천 사우나에서 밤에 나와 헤어지며 한숨 푹푹푹!
　어찌할거나 어찌할거나
　반대 주민들 찬성 주민들로 갈라진
　산수군민을 어찌할거나
　군수에게 잘 보일 수 있겠어서
　산수군을 발전시킬 수 있겠어서
　군민이 돈벌이할 수 있겠어서
　덩달아 자신이 한밑천 챙기려고 추진했건만
　산수군 개조안이 틀어지는 예감에
　사업단장이 기운 빠져 터덜터덜 걷노라니
　김토호란 놈한테 받기로 한 개발 아이디어 로열티
　이토호란 놈한테 받기로 한 토건 작업비 리베이트
　박토호란 놈한테 받기로 한 광고료 커미션
　한 푼도 못 받을지도 모르겠다 싶어서
　사업단 사무실로 지프차를 운전하여 돌아와서 보니
　반대 주민들도 찬성 주민들도 촛불을 켜들고
　아직도 소롯길에서 대치하고 있구나
　산수군민 여러분, 왜 이리하오?
　종이신문 호외에 보도된 대로

일거리를 마련해주려는 것이오

일자리를 마련해주려는 것이오

저 산에다 휴양림을 조성하여

일거리를 마련해주려는 것이 맞소

저 산에다 펜션을 건축하여

일자리를 마련해주려는 것이 맞소

산수군민 여러분, 집으로 돌아가오

반대 주민들과 찬성 주민들이 산수군의 전 군민,

밤늦게까지 대치하고 있느라

밥해오는 사람이 없어 쫄쫄 굶었으니

반대 주민들은 산수군에서 태어난 사업단장을 인간적으
로 믿고 싶다며

찬성 주민들은 산수군에서 자란 사업단장을 인간적으로
안 믿을래야 안 믿을 수 없다며

촛불로 어두운 소롯길을 밝혀 총총 돌아가는구나

반대 주민들 찬성 주민들 앞서거니 뒤서거니

도란도란 두런두런 집으로 돌아가는구나

사업단장이 혼자 컴컴한 밤하늘을 올려다보는데

그리도 반짝반짝 빛나던 별들이 오늘 밤엔 보이지 않고

그리도 둥두렷이 뜨던 달이 오늘 밤엔 보이지 않는구나

이리도 나에겐 운이 없는가

과거에도 칠흑 어둠뿐이었던가

현재에도 칠흑 어둠뿐인가

미래에도 칠흑 어둠뿐일런가

학생운동가였던 내가 왜 이리 타락했는가

민주화운동가였던 내가 왜 이리 추락했는가

서울에서 자유기고가나 할 걸 무슨 부귀를 누리려고 귀향
했나

서울에서 대필 작가나 할 걸 무슨 영화를 얻으려고 귀향했
나

차라리 재산 탈탈 털어 주식에 투자했더라면 벼락부자가
되지 않았을라나 몰라

차라리 투자를 받아서 벤처사업을 했더라면 떼부자가
되지 않았을라나 몰라

어째서 운이 나를 피해 가는가

사업단장이 사업단 사무실에 들어와서

의자에 앉아 시름에 잠겼다가

책상 위로 다리를 들어 올렸다가

온몸이 나른나른,

눈꺼풀이 스르르,

잠이 든 순간

지붕에 떨어지는 빗방울,

창문을 때리는 빗줄기,

산기슭에 쏟아지는 장대비,

계곡에 비바람, 산등성이에 비바람,

꿈결에 잠결에 빗소리 아늑아늑

사업단장이 더욱 깊은 잠에 빠지는구나

아뿔싸, 사업단장이 기상 예측을 하지 못했구나

이를 어째, 이를 어째,

평소 산수군에 하루에 올 비가

산간에 한 시간에 쏟아지는 밤,

이를 어째, 이를 어째,

평소 산수군에 한 달 내릴 비가

산간에 하룻밤에 퍼부어대는 밤,

황톳물이 콸콸콸콸 콸콸콸콸

황토가 와크르르 와크르르

장대비가 주룩주룩 주룩주룩

이틀도리로 주룩주룩 주룩주룩

사흘도리로 주룩주룩 주룩주룩

나흘도리로 주룩주룩 주룩주룩

밤이고 낮이고 주룩주룩 주룩주룩

산수군수도 공무원들도 망연자실

멀리 마을에서 우산 쓰고 바라보고 있을 뿐이었것다

비가 멎고 해가 쨍 난 다섯째 날,

산수군수가 앞장서고 공무원들이 뒤따라서

산발치 가까이 와서야

사업단장이 어디 있나?

사업단 사무실은 황토에 뒤덮여 있는데,

사업단장이 보이지 않는구나

어디 있나? 어디 있나?

산수군수가 저기 가서 부르고 여기 와서 부르고

공무원들이 이리 뛰며 찾고 저리 뛰며 찾아도

사업단장은 흔적조차 없구나

어디 갔는가, 이 사람아

어디 갔는가, 이 사람아

불러도 불러도 사업단장이 나타나지 않자,

필시 죽은 게 틀림없다 여겨서

산수군수가 공무원들에게 지시하기를

신속히 사업단장 시신을 찾으라!

신속히 산을 원상 복구하라!

신속히 나무를 심으라!

신속히 군민에게 제대로 홍보하라!

말은 이렇게 하면서도

산수군수는 머릿속으로

표가 날아갈 수 있어 아쉽지만, 뭐 돈을 벌잖아, 히히

표가 사라질 수 있어 안타깝지만, 뭐 거금이 생기잖아,
히히

꿩 먹고 알 먹으려다가 알만 먹게 되었지만, 뭐 꿩은

나중에 잡아먹으면 되지, 히히
　산수군수의 속셈을 알고 있던
　김토호란 놈과 이토호란 놈과 박토호란 놈이
　도무지 얼씬하지 않다가
　이날에야 산수군수 앞에 동시에 나타나니
　산수군수가 세 놈을 번갈아 보며
　한쪽 눈을 찡긋 찡긋 찡긋 하자,
　세 놈이 일시에 허리를 직각으로 꺾고 나서
　김토호란 놈이 하는 말이
　군수님 군수님 우리 군수님
　사업단장은 이미 피신했겠죠
　식목식재야말로 산수개발의 전문분야입죠,
　맡겨 줍쇼! 맡겨 줍쇼!
　산수개발에 맡겨 줍쇼! 헤헤헤
　이토호란 놈이 하는 말이
　군수님 군수님 우리 군수님
　사업단장은 벌써 도망쳤겠죠
　원상복구야말로 산수토건의 전문분야입죠,
　맡겨 줍쇼! 맡겨 줍쇼!
　산수토건에 맡겨 줍쇼! 헤헤헤
　박토호란 놈이 하는 말이
　군수님 군수님 우리 군수님

사업단장은 일찌감치 은신했겠죠

홍보야말로 산수뉴스의 전문분야입죠,

맡겨 줍쇼! 맡겨 줍쇼!

산수뉴스에 맡겨 줍쇼! 헤헤헤

이때에

휴양림 개발 반대 주민들이니 찬성 주민들이니 할 것
없이

산수군민이 삼삼오오 몰려와서

웅성웅성 쑤군쑤군 와자지껄,

산수군수가 앞에 나서서

엄숙하게 연설을 하기는 하는데

목소리만 엄숙할 뿐,

산으로 들어오는 소롯길이

왕복 2차선으로 확장돼 있어

그 도로에 접한 전답들

차명으로 사놓은 전답들

제 소중한 재산인 전답들

값이 몇 배로 뛸 게 뻔하여

두 눈에 웃음기를 흘리며,

친애하는 산수군민 여러분

산 좋고 물 좋은 산수군에서 산이 무너지고 물이 흐려진
점을 매우매우 유감스럽게 생각합니다 이번 산사태는 사업

단장이 독단적으로 구상하고 독선적으로 시행하여, 사적으로 한밑천 챙기려다가 사고 친 전형적인 일탈 행위입니다 산수군수인 제가 직접 수습에 나서서 이른 시일에 산 좋고 물 좋은 산수군으로 회복시키겠습니다 그리고 머지않은 날에 산수군민 여러분의 의견을 물어서, 그간 반대 주민들과 찬성 주민들로 갈라진 여러분 모두가 일체가 되고 주체가 되어 인간적이고도 자연 친화적인 산수군으로 진화하도록 재추진하겠습니다 여러분 반드시 재추진하겠습니다 여러분 확실히 확실히 재추진하겠습니다

　　제일 먼저 산수뉴스 발행인 박토호란 놈 좀 봐라
　　산수군수의 변명을 죽죽죽 받아 적더니
　　사고 현장 사진은 조그맣게
　　산수군수 얼굴 사진은 커다랗게
　　종이신문 호외로 황급히 인쇄하여
　　산수군 마을마다 신나게 뿌려대며,
　　이래저래 나에겐 돈복이 있단 말씀이야, 히히힛
　　그다음에는 산수토건 사장 이토호란 놈 좀 봐라
　　회사에 있는 대로 포클레인을 동원하여
　　쓸려 내려온 황토를 대충대충 파서 옮기고
　　움푹 파인 웅덩이를 대충대충 메꾸며,
　　이래저래 나에겐 돈복이 있단 말씀이야, 히히힛
　　다다음에는 산수개발 대표 김토호란 놈 좀 봐라

값싼 잡목을 트럭에 바리바리 싣고 와서
듬성듬성 심으며 치산치수 별거냐
뿌리 내리고 잎을 내면 숲이 우거진다며,
이래저래 나에겐 돈복이 있단 말씀이야, 히히힛
사업 시작할 땐 사업단장이 밀어붙이기를
공개 입찰할 시간적 여유가 없소!
수의계약 체결하고 조속히 시행하시옷!
세 놈의 토호와 이심전심식 일하더니
복구 작업할 땐 산수군수가 밀어붙이기를
공개 입찰할 시간적 여유가 없소!
수의계약 체결하고 조속히 시행하시옷!
세 놈의 토호와 이심전심식 일하더라
이를 지켜본 산수군민이 한 입으로,
가엽다 사업단장, 어디 있소?
불쌍하다 사업단장, 어디 갔소?
몸도 넋도 보이잖는 사업단장,
살아선 금의환향 못 했어도
죽어선 서방정토 가시구려
불알친구 세 놈의 토호가
아예 시신도 찾지 않는 사업단장을
산수군민이 위무하는구나
그럭저럭 얼렁뚱땅 원상복구를 마친

그날 저녁,

이크, 보는 눈이 있으니 김영란법에 걸릴라

세 놈의 토호가 산수군수를 모시고 레스토랑에 가서

스테이크 일 인분씩 자르며 맥주 한 잔씩,

맥주 한 잔으론 양이 안 차

에라 모르겠다, 아무도 안 보는 노래방에 2차 가서 양주

세 병 시키고는

도우미 세 명 불러 술 따르게 하고는,

저 푸른 초원 위에, 사이사이

그림 같은 집을 짓고, 사이사이

사랑하는 우리 님과, 사이사이

한 백 년 살고 싶어, 사이사이

반주에 맞춰 마이크를 돌려가며 노래를 부르고 부르고

불러 술을 깼는지 안 깼는지, 3차로 도우미를 데리고 사라졌

다가 나타났는지, 팁을 줬는지 봉사료를 줬는지 화대를

줬는지

뉘가 있어도 알 수 없는 눈 깜짝할 사이에

산수군수와 세 놈의 토호가 대리운전 불러서 멀리 온천

사우나에 가서 온탕 냉탕 들락거리며 소곤소곤, 등을 보고

일렬로 앉아 때를 밀어주며 소곤소곤, 앞을 살피며 수군수

군, 뒤를 살피며 수군수군, 옆을 살피며 수군수군, 온천

사우나에서 새벽에 나와 헤어지면서 번갈아 악수, 악수,

악수, 바이! 바이! 굿바이!

  이 광경을 본 산수군민이 아무도 없었더라

  사업단장이 김토호란 놈한테 받기로 한 개발 아이디어
로열티를

  군수가 받아먹었는지 안 받아먹었는지 아는 군민이 아무
도 없었더라

  사업단장이 이토호란 놈한테 받기로 한 토건공사비 리베
이트를

  군수가 받아먹었는지 안 받아먹었는지 아는 군민이 아무
도 없었더라

  사업단장이 박토호란 놈한테 받기로 한 광고료 커미션을

  군수가 받아먹었는지 안 받아먹었는지 아는 군민이 아무
도 없었더라

  허허, 남몰래 로열티를 챙겼는지 안 챙겼는지는 누구도
모르는 일,

  허허, 남몰래 리베이트를 챙겼는지 안 챙겼는지는 누구도
모르는 일,

  허허, 남몰래 커미션을 챙겼는지 안 챙겼는지는 누구도
모르는 일,

  이 귀가 막히고 입이 막히는 이야기를

  지금 이 소리꾼이 입을 열고 전한바,

  이곳 여러 구경꾼은 귀를 열고 들었을 터,

언제라도 누구에게라도 어디서라도

판소리로 못 부르겠거든

수다라도 떨어 퍼뜨리기를 바라것소, 어질더질

대지가^{大地歌} 혹은 대필가^{大筆歌}

옛날 아주 오랜 옛날부터

한반도 동남쪽 일본과 접한 먼바다로 흘러나가는 강물이

강어귀에 흙을 실어 날라

저절로 쌓여 만들어진 커다란 섬이 있는데,

어느 해 어느 달 어느 날

군부가 쿠데타로 권력을 찬탈한 뒤

돈 없고 집 없고 헐벗고 굶주리며

이 거리에서 저 거리로 떠돌며 밥을 동냥하는 사람들을

이 집에서 저 집으로 기웃대며 옷을 구걸하는 사람들을

사회 질서를 어지럽히는 잠재적 범죄자로 불온시하여

경향 각지에서 붙잡아와

이 섬에 몰아넣었으니

그 숫자가 무려 5만,

한 개의 군^郡을 이루는 인구라,

군부 최고 권력자가 무슨 뜻에선지

둥근 이 섬과

이 섬을 둘러싸고 출렁이는 강물을

붉은 태양과 푸른 물결로 이미지화한

군기郡旗를 내리면서

목숨을 겨우 이어 살아가는 구역이란 뜻이 담긴

연명군延命郡이라는 행정청 명칭을 부여하고

군수 휘하 각 업무 담당 공무원들을 인사발령 냈것다

이후 연명군에서 토지를 나누어 주민에게 무상으로 분배
하고

군민으로 하여금 농지로 개간하여 농사짓도록 지도 감독
하여

자급자족 자력갱생 각자도생케 하니

먹고 남은 곡물을 구매하러 들락날락,

상인들이 배를 타고 들락날락,

갖가지 생활용품을 판매하러 들락날락,

상인들이 배를 타고 들락날락,

그 배가 점점 많이 들락날락,

그 배를 타고 돈이 점점 많이 들락날락,

그 돈을 벌려고 외지인들이 점점 많이 들락날락,

땅은 좁고 인구가 늘어나니

연명군이라는 명칭대로

겨우 목숨을 부지하는 군민이 절대다수,

절대다수 위에서 치부하는 군민이 절대소수,

여느 군과 마찬가지라,

남들보다 잘 먹고 잘살기 위해 발버둥 치고

남들보다 잘 입고 잘살기 위해 아귀다툼하니

외지인들이 보고는 염치없다고 쑤군거려도

살아남으려는 몸짓이 얼마나 아름다우냐

연명군민은 오히려 대견해하고 부끄러워하지 않았다더
라

그런 중에 초중고등학교가 생겨나고

해마다 새 건물이 올라가고

달마다 새 거리가 뚫리고

날마다 새 가게가 늘어나서

연명군민 대다수가 살기 좋아졌더라

돈 없고 집 없고 헐벗고 굶주리며

이 거리에서 저 거리로 떠돌며 밥을 동냥하던 과거지사를

이 집에서 저 집으로 기웃대며 옷을 구걸하던 과거지사를

완전히 지워버리고 다른 인간으로 살아가기 위하여

신분 세탁도 했으니

연명군에서 그럭저럭 잘 나가고

텃세를 부릴 만한 집안에서는

본관을 연명으로 바꾸기도 했다더라

이를테면 연명 김씨, 연명 이씨, 연명 박씨, 연명 최씨,
연명 전씨 등등

그런가 하면

연명군민 중에는 고생담 성공담을 자식들에게 남기고
싶은 졸부들이

글을 모르는 자신들을 대신하여 책을 써줄 사람을 필요로
했으니

문장력 있는 대필 작가는 부르는 게 값이었것다

이때가 어느 땐가

연명군이 연년이 발전하는 동안

시대가 여러 번 바뀌어

군부독재 정권이 끝장나고

대통령이 여러 번 바뀌고

민주주의가 구현되고

지방자치제가 정착돼 가던 시절이었으나

연명군에서는 대개 알 만한 군민이

알 만한 군수를 뽑고

알 만한 군의원을 뽑아놓으니

거개가 한통속 아닌가

그중에서 공무원 출신에

돈 많고 땅 많은 나대지羅大地라는 군의원이

연명군의회 의장을 맡은 후로 걸핏하면,

깃발이야 깃발이야

연명군 깃발이야

연명군청 한가운데

게양대에 걸려서

강바람에 펄럭펄럭

바닷바람에 펄럭펄럭

깃발 노래를 부르며 연명군청 앞에 나타나는 취객이 있었
으니

아버지 남씨가 흙을 파먹는 농사꾼은 되지 말고

글을 써서 성공하라는 뜻에서 지어준 대필大筆이라는 이름
을

제 글은 못 쓰고 남의 글이나 써주며 밥 빌어먹는다고
자조하여

자진해서 대필代筆을 필명으로 삼아 남대필南代筆이라 자칭
하며

졸부들의 고생담 성공담을 쓴 걸로 꽤 알려진 자였것다

스무 살 안짝에 두메산골 아버지 슬하에서 나와

공장 다니며 주경야독했다는

순한 사람,

야학에서 공부하며 문학에 심취하여

독서하고 습작했다는

순한 사람,

공휴일에 장시간 노동하다가 지쳐서
밤늦게 술 마시고 귀가하던 길에
졸지에 잠재적 범죄자로 붙들려왔다는
순한 사람,
남대필 작가가 광장에 나타나
깃발 노래를 부를 때면
연명군의회 청사에서 나대지 의장이
물끄러미 내다보곤 했것다
나대지 의장으로 말할 것 같으면
원래 연명군이 설립될 적에
군부 최고 권력자가 내린
군기를 받아 들고 부임하여
처음 군청 게양대에 달고
토지 담당 공무원으로 근무하다가
주민에게 무상으로 토지를 분배하면서
여기저기 요지마다 슬쩍슬쩍 떼어내
이놈저놈 차명으로 감추어 두었던 터,
오른발 내딛어도 땅!
왼발 내딛어도 땅!
오른손 주먹 쥐어도 땅!
왼손 주먹 쥐어도 땅!
숨을 쉬어도 소리가 땅땅!

기침을 해도 소리가 땅땅!

방귀를 뀌어도 소리가 땅땅!

웃음을 웃어도 소리가 땅땅!

울음을 울어도 소리가 땅땅!

사지오체에서 온통 땅땅 소리만 나니

일찌감치 공무원직을 때려치우고

연명군에서 최초로 거간꾼으로 나서서

땅 사는 사람에겐 땅값을 더 받아내고

땅 파는 사람에겐 땅값을 덜 주어서

차액을 떼고 구전까지 받아 챙겨

그 돈으로 또 땅을 사들였으니

누군가 동쪽에서 서쪽으로 걸어서 가더라도

누군가 남쪽에서 북쪽으로 뛰어서 가더라도

나대지 거간꾼의 땅을 한 걸음이라도 밟아야 갈 수 있었것

다

땅이야 땅이로다

이리 가도 내 땅이야

저리 가도 내 땅이야

땅이야 땅이로다

이 땅도 내 땅이야

저 땅도 내 땅이야

땅이야 땅이로다

남자 땅도 내 땅이야
여자 땅도 내 땅이야
땅이야 땅이로다
마른 땅도 내 땅이야
젖은 땅도 내 땅이야
땅이야 땅이로다
먼 땅도 내 땅이야
가까운 땅도 내 땅이야
땅이야 땅이로다
높은 땅도 내 땅이야
낮은 땅도 내 땅이야
땅이야 땅이로다
농지도 내 땅이야
산지도 내 땅이야
땅이야 땅이로다
집 지을 수 없는 땅은
내 땅이 아니야
땅이야 땅이로다
길 닦을 수 없는 땅은
내 땅이 아니야
땅이야 땅이로다
그런 데다 나대지 거간꾼이 공무원들 생리를 뉘보다 잘

알아

　　작게 주고 크게 받으려고

　　적게 주고 많이 받으려고

　　마주칠 때마다 밥값 주어서

　　단번에 윗사람 대접받고

　　명절 때마다 떡값 주어서

　　단번에 어른 대접받고

　　경조사 때마다 부조금 주어서

　　단번에 유지 대접받아

　　공무원들이 지방도로 개설 정보를 주면서도 굽신굽신,

　　나대지 거간꾼은 서슴없이 땅을 사서 알박기,

　　공무원들이 산업단지 조성 정보를 주면서도 굽신굽신,

　　나대지 거간꾼은 아낌없이 땅을 사서 말뚝박기,

　　이래놓으니 나대지 거간꾼은 금력에 더하여

　　연명군청 게양대에 펄럭이는 군기가 보일 때마다

　　권력욕이 무럭무럭, 명예욕이 무럭무럭,

　　여당에 알음알음으로 연줄을 넣어 공천받고

　　첫 출마한 연명군 군의원에 겨우 당선하였것다

　　땅이 곧 돈이며,

　　돈이 곧 권력이라는 등식을 확인한

　　나대지 군의원은

　　권력으로 돈을 벌고

돈으로 땅을 사는 등식으로

더욱 땅을 확장 확장,

더욱 돈을 축적 축적,

더욱 권력을 확대 확대,

더욱이나 지방신문 인수 인수,

언론 권력에도 진출 진출,

지방언론 사주 군림 군림,

내리 3선 군의원에 당선 당선

당연하게 연명군의회 의장에 선출 선출,

오늘에 이르렀더라

나대지 의장은 연명군청 게양대에 펄럭이는 군기를 볼 때마다

할아버지가 일제시대 고향 경찰지서에 어찌어찌 소사로 고용되어

일장기를 게양할 때 느꼈다던 감동이 어땠는지 상상하고

아버지가 독재시대 고향 면사무소에 어찌어찌 면서기로 채용되어

태극기를 게양할 때 느꼈다던 감동이 어땠는지 상상하고

자신이 공무원으로 연명군에 발령받아 왔을 때

군부 최고 권력자가 내린 군기를 들고 와서

처음 군청 게양대에 달며 느꼈던 감동을 다시 느끼면서

연명군청 앞에서 깃발 노래를 부르는 남대필 작가를 내다

보다가

옳다구나!

왜 이제야 떠오르나?

부리나케 달려가서,

남대필 작가님, 남대필 작가님

갑시다 갑시다 내 집으로 갑시다

냉수 한잔하든 냉커피 한잔하든

목마른 입 추기고 답답한 가슴 적시고

조용한 곳에서 노래 같이 부릅시다

한적한 곳에서 이야기 함께 나눕시다

남대필 작가가 연명군청 앞에서 깃발 노래를 부른 지 얼마던가

임명직 공무원이든 선출직 공무원이든 아무도 아는 척하지 않은 차에

나대지 의장이 다가와 냉수 한잔 냉커피 한잔하자는데 거절할 수 있것느냐

이리하여 나대지 의장이 제 별장으로 승용차를 몰아가는 도중에

술 취한 남대필 작가가 잠에 곯아떨어졌다가 눈을 떴더니

아, 절경이로다!

통유리창으로 멀리 머얼리 아득한 수평선, 일렁이는 물결에 눈부시게 반사되는 하얀 하이얀 햇빛 햇빛, 모래사장으로

와락 와아락 밀려왔다가 밀려가는 파도 파도 파도,

거실을 살펴보니 소파는 부들부들 소가죽 부들부들, 바닥은 맨들맨들 대리석 맨들맨들, 벽은 삐까삐까 꽃무늬타일 삐까삐까, 천장엔 반짝반짝 샹들리에 반짝반짝, 장식장엔 반들반들 골동품 몇 점 반들반들,

어, 들머리 상수리나무 아래 녹슨 철제 컨테이너 내 집이 아니네

남대필 작가가 혼잣말을 중얼거릴 때

생수병과 냉커피 컵을 들고 나타난 나대지 의장을 가까이서 보기는 처음이라,

키는 작고 몸집은 뚱뚱하고 얼굴은 유들유들하고 생김생김은 올망졸망하고 살결은 까무잡잡하고 손가락은 짧고 굵고 발은 두껍고 뭉퉁한 것이

키가 크고 몸집이 가냘프고 얼굴이 여리여리하고 생김생김이 시원시원하고 살결이 희고 손가락이 길고 가늘고 발이 얇고 길쭉한 남대필과는 완전 정반대,

그러하나 겉모습이 밥을 주랴, 옷을 주랴, 집을 주랴, 돈을 주랴, 권력을 주랴,

나대지 의장이 생수병과 냉커피 컵을 동시에 내민 채,

내 별장이 어떻소?

난 시골에서 번 돈은 반드시 시골에 쓴다오

양심 불량하게 비도덕적으로 도시에 쓰지 않소

도시에 아파트 한 채도 소유하고 있지 않소
도시에 오피스텔 한 채도 소유하고 있지 않소
도시에 빌라 한 채도 소유하고 있지 않소
아무리 우량기업이라 해도 주식 거래를 하지 않소
아무리 수익이 많이 난다 해도 펀드에 가입하지 않소
난 연명군에서 투기해서 번 돈은 반드시 연명군에 다시
투기한다오
이런, 이런, 쓸데없는 말을 했구려
단도직입적으로 본론을 말하겠소
이 별장에서 지내며 내 자서전을 써주시오
작업비는 청구하는 대로 주겠소
그러잖아도 궁하던 남대필 작가는
난데없이 일거리가 생겨서 속으로는 반가웠지만
겉으로는 짐짓 무심한 척,
왜 자서전이 필요하오?
언제까지 필요하오?
작업비를 많이 받으면 좋은 글이 써지고
적게 받으면 평범한 글이 써지오
나대지 의장이 결연하게,
연명군수 입후보하려는 데 필요하오
연명군민에게 홍보하는 데 필요하오
남대필 작가가 마음속으로,

돈을 벌 기회인가

땅을 가질 기회인가

돈 많다는 나대지 의장

땅 많다는 나대지 의장

돈을 달라고 말할까

땅을 달라고 말할까

잠시 생각하다가 대답하기를,

자서전을 써주겠소

작업비는 안 받겠소

연명군수에 당선되거든

군기를 교체해 주오.

나대지 의장은

자서전 대필 조건에 놀라서,

이유가 무엇이오?

이유가 무엇이오?

나대필 작가는 더는 설명하지 않고,

곧바로 구술을 듣겠소

곧바로 대필에 들어가겠소

그날 바닷가 별장에서

나대지 의장이 중구난방 대충대충

제 인생사를 일사천리로 구술하는데

남대필 작가가 속기한 내용을

판소리체로 편역하여 보니

세 갈래 졸가리가 딱 이러했것다

어화 사람들아,

들어봐라

한 갈래 졸가리를 들어봐라

나대지 의장이 군의회에서 제일 잘했다는

치적을 들어봐라

공직자 이해충돌방지법이 없는 시절

정기회 임시회 나눌 것도 없이

나대지 의장이 의장석에 앉아 의사봉을 들고

통과 처리한 안건을 볼작시면

마을안길 확장 부지 매입 예산안,

만장일치 찬성, 의사봉 땅땅땅!

이 부지 안에 제 차명 소유 땅이 들어 있다는 걸

누가 알든 모르든, 땅땅땅!

공무원 임대아파트 건축 부지 매입 예산안,

만장일치 찬성, 의사봉 땅땅땅!

이 부지 안에 제 차명 소유 땅이 들어 있다는 걸

누가 알든 모르든, 땅땅땅!

생활체육공원 조성 부지 매입 예산안,

만장일치 찬성, 의사봉 땅땅땅!

이 부지 안에 제 차명 소유 땅이 들어 있다는 걸

누가 알든 모르든, 땅땅땅!

공설운동장 건립 부지 매입 예산안,

만장일치 찬성, 의사봉 땅땅땅!

이 부지 안에 제 차명 소유 땅이 들어 있다는 걸

누가 알든 모르든, 땅땅땅!

노인치매센터 신축 부지 매입 예산안,

만장일치 찬성, 의사봉 땅땅땅!

이 부지 안에 제 차명 소유 땅이 들어 있다는 걸

누가 알든 모르든, 땅땅땅!

여성문화회관 신축 부지 매입 예산안,

만장일치 찬성, 의사봉 땅땅땅!

이 부지 안에 제 차명 소유 땅이 들어 있다는 걸

누가 알든 모르든, 땅땅땅!

청소년문화회관 신축 부지 매입 예산안,

만장일치 찬성, 의사봉 땅땅땅!

이 부지 안에 제 차명 소유 땅이 들어 있다는 걸

누가 알든 모르든, 땅땅땅!

이래 놓고도 나대지 의장은

마을안길이 넓어지면 승용차 다니기가 편하잖아, 공무원
들이 싼 임대아파트에 들어 안정되면 좋잖아, 생활체육공원
에서 군민이 운동하면 건강해지잖아, 공설운동장이 있으면
축제 행사하기 편리하잖아, 노인치매센타를 이용하면 노인

들이 치매 예방되잖아, 여성문화회관에서 즐기면 여성들이
행복해지잖아, 청소년문화회관에서 놀면 청소년들이 방황
하지 않잖아,

모두 제 공로라고 자화자찬! 자화자찬!

어화 사람들아,

들어봐라

또 한 갈래 졸가리를 들어봐라

나대지 의장이 발행인이 되어 크게 기여했다는

언론사업을 들어봐라

사훈으론 정론 직필이라 내걸고

편집국 분위기론 여론 곡필,

미팅에선 언론의 자유를 말하고

데스크에선 기사 검열 임의 삭제,

기업 고발 기사를 내리고

상품 광고로 대체 게재,

특종은 쓸모없다, 미담으로

취재는 안 해도 된다, 보도 자료로

군의회 안건 통과는 무조건 대서특필로

군의회 의장 동정은 1면 머리기사로

그 밖에 군의원들 활동은 박스기사로

이래 놓고도 나대지 의장은

보도지침을 금지하여 기자 의욕을 고취했지, 상품 광고보

다 기업 이미지 광고를 실었지, 가십보다는 덕담을 다루었지, 군의회에 대한 부정적인 기사를 배척하고 긍정적인 기사를 생산했지

　모두 제 덕분이라고 자화자찬! 자화자찬!

　어화 사람들아,

　들어봐라

　마지막 한 갈래 졸가리를 마저 들어봐라

　나대지 의장이 집안 이야기를 주워섬기다가

　남대필 작가에게 멋지게 탈바꿈시켜 달라고 뻔뻔하게 부탁한 걸 들어봐라

　일제시대 고향 경찰지서에 어찌어찌 소사로 고용되어 일장기를 게양하던 할아버지를

　만주 벌판에서 일본군과 싸우는 용감한 독립군으로 묘사해줄 것을 부탁 부탁,

　독재시대 고향 면사무소에 어찌어찌 면서기로 채용되어 태극기를 게양하던 아버지를

　두메산골에서 농사짓는 가난한 농부로 서술해줄 것을 부탁 부탁,

　나대지 의장이 간절히 간절히 부탁하고 부탁하자,

　남대필 작가가 두 눈을 지그시 감고서

　속으로 피울음 피울음을 우는구나,

　에고 데고 할아버지

독립군 울 할아버지
만주 벌판에서 말 타고
일본군과 싸워서
이기고 돌아왔건만
독립군을 잡아넣던
친일분자들이 또다시
해방 조국에서 득세하니
두메산골에 은둔해서
시난고난 살다 죽은
독립군 울 할아버지에겐
원수로세 원수로세
친일분자 후손 나대지
저놈 할아비가 원수로세
에고 데고 아버지
농사꾼 울 아버지
두메산골에 처박혀서
할아버지 병구완하며
농사짓고 살았건만
오일장에 나갔다가
일본군 장교 출신
군부 최고 권력자를
독재자라 말했다 해서

감옥에 잡혀가서

생고생한 울 아버지에겐

원수로세 원수로세

독재부역 후손 나대지

저놈 아비가 원수로세

갑자기 남대필 작가가

속기하던 노트를 홱

쥐고 있던 볼펜을 타닥

바닥에 내동댕이치고 내뱉기를,

난 대필 안 해!

넌 친일분자 후손,

난 독립군 후손,

넌 독재부역 후손,

난 농사꾼 후손,

네 자서전을

난 대필 안 해!

난 대신할 대자 대필代筆 아니야,

난 큰 대자 대필大筆이야,

그 당장

들머리 상수리나무 아래 녹슨 철제 컨테이너 제집에 걸어
서 돌아가

문을 아주 굳게 걸어 잠그고 들어앉아 버렸것다

허허허 거참,

허허허 거참,

나대지 의장은 어이없어 혀를 한두 번 차고는 그만,

군의원 후보로 치러본 선거 경험으로 보건데

결국은 투표는 쪽수에 달렸다고 판단,

연명군수 후보로 등록한 나대지 군수 후보는

자신의 상가를 빌려서 장사하는 상인들과

그 지인들에 그 일가친척들에 그 일가붙이들

자신의 임대주택을 빌려서 거주하는 임차인들과

그 지인들에 그 일가친척들에 그 일가붙이들

자신의 논밭을 빌려서 농사짓는 농민들과

그 지인들에 그 일가친척들에 그 일가붙이들

모두모두 선거운동원으로 끌어들여 득표 활동케 하여

마침내 연명군수에 당선되었것다

신임 연명군수 나대지 군수는

일제시대 고향 경찰지서에서 뜻을 세운 소사로서

일장기 올리고 내리던 할아버지가 돌봐주셔서

독재시대 고향 면사무소에서 뜻을 세운 면서기로

태극기를 올리고 내리던 아버지가 돌봐주셔서

연명군수에 뽑혔다면서 군기를 내리기는커녕,

연명군이 설립되어 자신이 근무하러 왔을 적에

군부 최고 권력자한테 받아들고 와서

처음 군청 게양대에 단 깃발이라며 오히려 애지중지,
날마다 아침에 출근하면 직접 게양하고
날마다 저녁에 퇴근하기 전에 직접 하기식을 하는구나
그 모습이 너무 엄숙하게 보여 공무원들이 말리지 못한다
하는구나
이 소문을 들은 남대필 작가는
둥근 이 섬과
이 섬을 둘러싸고 출렁이는 강물을
붉은 태양과 푸른 물결로 이미지화한 군기가
독립군 할아버지와 싸운 일본군 장교 출신 군부 최고
권력자
농사꾼 아버지를 감옥에 보낸 군부 최고 권력자가
필시 일장기를 본떠서 만든 때문이란 의혹을 떨칠 수
없어
술에 취한 날이면 날마다
연명군청 앞으로 와서
저 깃발은 토착왜구 깃발, 내려라!
저 깃발은 토착왜구 깃발, 내려라!
냅다 소리소리 질러 쌓다가
무력감이 들었는지 자괴감이 들었는지
어느 날 연명군에서 사라졌다고 말하는 이도 있고
똥이 더러워서 피하지 무서워서 피하냐며

어느 날 연명군을 버렸다고 말하는 이도 있고
타관살이에 지쳐 고향을 찾아서
어느 날 연명군을 떴다고 말하는 이도 있더라
요즘 한반도 동남쪽 일본과 접한 먼바다로
강물이 흘러나가는 강어귀에 있는 커다란 섬,
그곳 연명군에 들어가려고 강을 건너면
누구나 강물 소리를 듣게 된다는데
말소린지 모를 소리, 노랫소린지 모를 소리,
이런 소리가 어디선가 들려온다고 전해온다
이제 나는 쓰겠네
만주 벌판에서 말 타고
일본군과 싸웠던
독립군 울 할아버지,
이 세상에선 자식에게
가난을 물려주고
저세상으로 홀로이
병든 몸을 옮겨가신
독립군 울 할아버지,
이제 나는 쓰겠네
군부 최고 권력자를
독재자라 말했다 해서
감옥 갔다가 두메산골 들어간

농사꾼 울 아버지,
아직 살아계실까
벌써 돌아가셨을까
난 왜 찾아가지 않았던가
농사꾼 울 아버지,
이제 나는 쓰겠네
연명군에서 남의 글을 써서 살아남았으니
어디에 가든지 나의 글을 쓰면 살아남는
나는 작가, 나는 작가,
울 할아버지 울 아버지에 관하여
이제 나는 쓰겠네
연명군에 올 땐 공권력에 끌려왔어도
강물아 안녕, 안녕히
연명군을 떠날 땐 자력으로 떠나간다
강물아 안녕, 안녕히

염치가 廉恥歌

오래전부터 체면을 최고의 덕목으로 삼아온
대한민국 21세기 동서남북 어딘가에
체면의식이 강한 주민들이 사는
체면군體面郡이라는 지방이 있었것다
어찌 된 영문인지
다른 지방에서 살 적에 체면을 차리지 않던 사람도
체면군에만 오면 대개 체면의식을 가지게 된다는데
평생을 체면군에서 농사지으며 살았으면서도
전혀 체면 차릴 줄 모르는 홀아비,
한 노인네가 살았것다
염치 씨로 불리는 이 노인네로 말할 것 같으면
체면은커녕 아예 무염치,
체면은커녕 아예 몰염치,
오직 농부로서 일솜씨만 좋아

어떤 씨앗이든 뿌렸다 하면 발아율이 백 퍼센트를 자랑하
지만

아비로서는 노랭이라

결혼한 자식이 와서 손 내밀어도 떠날 때까지 모르쇠,

이웃으로서는 꼴통이라

급한 이웃이 연장을 빌리러 오면 다음 날에 오라 하기
일쑤,

체면을 중시하는

체면군민에겐 유명짜하였는데

그 노인네는 그렇다 치더라도

체면군민에게 체면의식은 왜 생겨났는가?

그건 남들이 모르는 일,

체면 차리는 체면군민만 아는 일,

체면군에서 체면군민에게 체면을 왜 차리오? 물으면

혈연 학연 지연 때문에 차린다오, 말하지만

염치 씨에게 물으면

난 농사에는 체면을 차려도 사람에겐 안 차리오

정말 그러한 것이

늙어 농사지을 기력이 없으면서도

쌀농사를 지으며

논물을 많이 대거나 적게 대지 않아서

앞들 논에게 체면치레를 잘하며,

늙어 농사지을 기력이 없으면서도
봄에 고추 모종을 내고
여름에 배추 모종을 내어서
뒷산 비탈밭에게 체면치레를 잘하며,
늙어 농사지을 기력이 없으면서도
겨울에 보온을 하여
봄동과 시금치가 자라도록
마을 옆 비닐하우스에게 체면치레를 잘하였것다
어느 날
이런 염치 씨가 사는 체면군에
허당이라는 프리랜서 기자가
뉴스거리를 찾아서 왔것다
주민이 체면을 중시하는 체면군에서
무슨 뉴스거리를 찾을 수 있을지
좀 의아하기는 하나,
한들한들 흔들리는 풀꽃은
한들한들 흔들리도록 놔두어서
풀꽃의 체면을 살려주고
살랑살랑 움직이는 잎사귀는
살랑살랑 움직이도록 놔두어서
잎사귀의 체면을 살려주는
체면의식을 지닌 까닭으로

체면을 중시하는 체면군민한테서
뉴스거리를 찾기도 수월한 성품을 지녔더라
이 시대가 어떤 시대인가
바야흐로 온라인 시대,
각 거리에 각 건물에 각 공공장소에
와이파이가 설치되어 있어
휴대한 노트북으로 태블릿피시로 스마트폰으로
사회가 초고속으로 팽팽 돌아가는 시대,
허당 기자는 체면군에 오자마자,
온라인 시대에 부합하는 기자답게
아무나 붙잡고 취재, 취재
어디서나 기사 작성, 기사 작성,
그 족족 그 즉시 프리랜서 기자답게
자신의 블로그와 페이스북에 게시하였으나
그닥 관심을 끌지 못하였더라
그래도 애오라지
취재물을 찾아서 이리 뛰다가
기삿거리를 찾아서 저리 뛰다가
여기선가 저기선가 거기선가
처음 염치 씨를 만났것다
기자 양반, 스마트팜이 무엇이오?
기운 없는 늙은이일수록

농사짓기가 수월하다던데 진짜요?

스마트팜을 하면 얼마나 벌 수 있소?

유리온실을 지어 온도도 습도도 조명도 멀리서 조절할
수 있다지만

컴퓨터를 만지지도 못하는 늙은이에게 가당한 농사법이
겠소?

시설 자금을 무이자로 대출해 준다며 체면군수가 장려를
하오만

대출금을 받아 사채놀이해서 이자를 받으면 수입이 훨씬
더 낫지 않겠소?

이 말을 들은 허당 기자는

늙어 기운 없는 데다 컴맹인 농부가

정보통신기술을 활용하여 농사지을 수 있을지 의문하면
서도

한국 농업에도 온라인 시대가 도래했다고 판단하나

자신도 스마트팜을 본 적이 없어 대략 난감하였더라

어쨌거나 지금은 온라인 시대,

각 거리에 각 건물에 각 공공장소에

와이파이가 설치되어 있어

휴대한 노트북으로 태블릿피시로 스마트폰으로

사회가 초고속으로 팽팽 돌아가는 온라인 시대에

염치 씨가 그나마 할 수 있는 건

스마트팜이 아니라 스마트폰이었으니
봄엔
자신의 비탈밭을 일찌감치 갈아엎고는
스마트폰으로 사진 찍어
여기저기 보내 부지런을 과시하기,
이웃의 비탈밭에 난 잡초를
스마트폰으로 사진 찍어
여기저기 보내 웃음거리 만들기,
가을엔
자기 논에 벼가 풍작이면
스마트폰으로 사진 찍어
여기저기 보내 자랑하기,
이웃 논에 벼가 흉작이면
스마트폰으로 사진 찍어
여기저기 보내 조롱하기,
여름 겨울엔
자기 비닐하우스가 폭우 폭설을 버틸 때마다
스마트폰으로 사진 찍어
여기저기 보내 폼 잡기,
이웃 비닐하우스가 폭우 폭설에 주저앉을 때마다
스마트폰으로 사진 찍어
여기저기 보내 부아 돋우기

염치 씨가 그러는 동안,

허당 기자는 여러 공무원, 여러 업체, 여러 현장,

밀착 심층 취재, 육하원칙 작성 기사,

체면군 관련 중요한 기획 기사를

블로그와 페이스북에 올렸으니

아무리 체면의식이 강한 체면군민이라도

눈 확 뒤집히는 사태가 발생해버렸것다

생존 문제 심히 막막! 심히 막막한 사태!

환경 문제 심히 우려! 심히 우려스런 사태!

건강 문제 심히 걱정! 심히 걱정스런 사태!

이런 판국에 무슨 체면을 차리것냐

체면군청 앞으로 체면군청 앞으로

체면군민1 씨는 한쪽 다리 절며 나오고

체면군민2 씨는 척추 디스크 어루만지며 나오고

체면군민3 씨는 무릎 관절 주무르며 나오고

걸음걸이를 뗄 수 있는 체면군민은 나오고 나오고 다
나오고

염치 씨도 나왔것다

졸지에 창졸지간에

체면군청 앞에 시위대가 집결해버렸것다

뭐라, 앞들에 화력발전소를 세운다고?

다들 함께 주먹 쳐들고 고래고래 소리 질러 쌓고,

화력발전소 건설하면 전기를 공짜로 주냐?

미세먼지 때문에 숨도 못 쉰다

뒤돌아서서는 같이 머리 맞대고 소곤소곤 귓속말해 쌓고

화력발전소 건설되면 자식들 취직 꼭 시켜야겠지?

자식들은 잘살아야지 않겠나?

뭐라, 뒷산에 시멘트공장을 세운다고?

다들 함께 주먹 쳐들고 고래고래 소리 질러 쌓고,

시멘트공장 건설하면 마을에 새 집을 공짜로 지어주냐?

시멘트 가루 먹고 폐병 환자가 된다

뒤돌아서서는 같이 머리 맞대고 소곤소곤 귓속말해 쌓고

시멘트공장 건설되면 자식들 취직 꼭 시켜야겠지?

자식들은 잘살아야지 않겠나?

뭐라, 마을 옆에 반도체공장을 세운다고?

다들 함께 주먹 쳐들고 고래고래 소리 질러 쌓고,

반도체공장 건설하면 컴퓨터를 공짜로 설치해 주냐?

사용할 줄 몰라 절로 고물단지 된다

뒤로 돌아서서는 같이 머리 맞대고 소곤소곤 귓속말해
쌓고

반도체공장 건설되면 자식들 취직 꼭 시켜야겠지?

자식들은 잘살아야지 않겠나?

체면군청 앞에 날이면 날마다

체면군민이 삼삼오오 모여서 시글시글 덕시글

체면군민이 옹기종기 모여서 와글와글 왁시글

그런 중에

앞들에 논을 가지고 있고

뒷산에 비탈밭을 가지고 있고

마을 옆에 비닐하우스를 가지고 있는

염치 씨가 잔머리 굴려보기를,

체면군은 두메산골,

지지리도 땅값이 나가지 않는 촌구석,

아 이런, 이런, 일생에 단 한 번 일확천금할 기회로고

돈 태어나고 체면 태어났지

체면 태어나고 돈 태어났나? 히힛

돈 있고 체면 있지

체면 있고 돈 있나? 히힛

돈 챙긴 다음에 체면 차리면 되지, 히잇

체면 차리며 가만있다가

보상금을 그저 주는 대로 받을 수야 없지 않나? 히잇

남에게 줄 돈이라면 아까워서 차일피일 미루다 주는 염치 씨,

자기가 받을 돈이라면 하루 이틀 앞당겨 받으려 드는 염치 씨,

그런 데다 체면까지 차릴 줄을 모르는지라

땅덩어릴 계산해보니 보상금이 장난이 아닐 것 같구나

평생 농사지어 만져보지 못할 거금이 들어올 것 같구나

이런 생각에 불현듯

머리가 후끈후끈,

가슴이 두근두근,

입술이 바삭바삭,

염치 씨는 갑자기 마음이 급해져서 둘레둘레 둘러보다가

이웃에 사는 체면군민1 씨와 체면군민2 씨와 체면군민3 씨가

고래고래 소리 질러 쌓다가 소곤소곤 귓속말해 쌓고 있길래

옆에 다가가 톡톡톡 어깨를 두드리며 말을 건다, 말을 건다

우리 처지를 생각해 보오

평생 동안 땅을 팠지만

금이 나왔소?

은이 나왔소?

돈을 얼마나 벌었소?

노후 생활비도 못 모아서

땅에 묻히는 날까지

땅을 파야 하는 신세인데

땅을 팔아서 목돈을 마련하는 게 좋지 않겠소?

자식들이 들어와 농사를 짓지 않으려는 땅에

화력발전소 시멘트공장 반도체공장 건설을 반대만 해서
무슨 이득이 있겠소?
    체면군민1 씨와 체면군민2 씨와 체면군민3 씨가 들어보니
틀린 말이 아니구나
이상야릇하게 두 눈을 껌벅껌벅,
이심전심으로 고개를 끄덕끄덕,
서로 줄 맞추어 발걸음을 살금살금,
한 발 앞서거니 한 발 뒤서거니
앞에서 길을 트고 뒤에서 따라가
비밀리 체면군수를 찾아갔것다
체면군수님 체면군수님
화력발전소 건설 찬성합죠, 찬성합죠
시멘트공장 건설 찬성합죠, 찬성합죠
반도체공장 건설 찬성합죠, 찬성합죠
우리가 찬성파가 되겠습죠
우리에게 토지 보상금이나 많이 받게 해주쇼
우리에게 토지 보상금이나 빨리 받게 해주쇼
체면군수, 마음은 땡큐땡큐 쾌재쾌재,
체면군수, 태도는 태연태연 점잔점잔,
진정한 체면군민이오, 속 깊은 체면군민이오
참으로 체면군을 발전시킬 참된 체면군민이오
체면군수가 그 당장에 시공사 측들을 불러서

협상 테이블에 마주 앉아 대화를 시작했것다

손 살짝 잡고 악수하고

성명 석 자 통성명하고

시공사 측들은 일단 무덤덤,

찬성파는 일단 데면데면,

기 싸움을 하는데

시공사 측들은 기 싸움에서 이기면 보상금을 줄일 수 있다는 걸 알아서

찬성파는 기 싸움에서 이기면 보상금이 늘일 수 있다는 걸 알아서

잠시 잠깐 침묵하다가

누가 먼저랄 것도 없이 툭,

시공사 측들이 한마디 툭, 우리가 손해나는 장사를 할 순 없소

찬성파가 한마디 툭, 우리가 손해나는 장사를 할 순 없소

체면군수는 중재자답게 헤헤,

헤픈 웃음 헤헤, 손해는 누가 손해? 아무도 손해나지 않소

또 누가 먼저랄 것도 없이 툭,

시공사 측들이 한마디 툭, 우리는 다른 지방을 선택할 수 있소

찬성파가 한마디 툭, 우리는 짓던 농사를 계속 지으면

되오

또 체면군수는 중재자답게 헤헤,

헤픈 웃음 헤헤, 공장 짓기에 최고 입지, 농사짓기에 최고 입지, 체면군이오

또다시 누가 먼저랄 것도 없이 툭,

시공사 측들이 한마디 툭, 그쪽에서 버티어봐야 그쪽이 손해나오

찬성파가 한마디 툭, 그쪽에서 버티어봐야 그쪽이 손해나오

또다시 체면군수는 중재자답게 헤헤,

헤픈 웃음 헤헤, 상호 간에 버틸 이유가 없소

헤헤거리던 체면군수가 일순간 딱 웃음소리 멈추고 설레 발치기를

서로 줄 것 주고 서로 받을 것 받으면 손해나지 않소

서로 줄 것 주지 않고 서로 받을 것 받지 않으면 상생할 수 없소

시공사 측들이 지는 척 슬그머니, 맞소, 다 살자고 하는 일이니 상생하겠소

한마디 더 쓰윽, 댁들을 좀 더 생각해 주겠소

찬성파가 지는 척 슬그머니, 맞소, 다 살자고 하는 일이니 상생하겠소

한마디 더 쓰윽, 댁들을 봐서 반대파를 설득하겠소

얼굴 환해진 체면군수가 박수 짝짝짝,

시공사 측들과 찬성파가 덩달아 박수 짝짝짝,

모두모두 돌아가며 악수 척척척,

만면에 억지미소를 지으면서 협상 테이블에서 일어섰구
나

그날 밤 반대파가 집에 잠자러 돌아가자마자,

염치 씨와 체면군민1 씨와 체면군민2 씨와 체면군민3
씨가

시공사 측들이 가져다준 현수막을

체면군청 앞에 걸었으니

화력발전소 건설 환영!

시멘트공장 건설 환영!

반도체공장 건설 환영!

시공사 측들이 천막을 쳐준 농성장에서

염치 씨와 체면군민1 씨, 체면군민2 씨, 체면군민3 씨가

밤엔 술잔을 기울이며 시끄럽게 찬성 찬성!

낮엔 화투를 치며 조용하게 찬성 찬성!

이래 놓으니 반대파가 얼씬거리지 않는구나

약속대로 반대파를 찬성파로 바꿔놓으려는 노력을 보이
지 않는

염치 씨와 체면군민1 씨, 체면군민2 씨, 체면군민3 씨에게

시공사 측들이 눈치를 주기 시작하자,

하루 이틀 낮밤으로 화투 치고 술 마시며 놀던

염치 씨와 체면군민1 씨와 체면군민2 씨와 체면군민3 씨가

슬슬 잔꾀를 내어서 술수를 부렸것다

반대파 일가친척 한 명 한 명씩,

반대파 이웃사촌 한 명 한 명씩,

휴대폰으로 전화 걸어 불러내어

밤엔 술잔 잔, 잔, 잔, 부딪치고 장단 두드리며 찬성 무드 조성!

낮엔 화투짝 짝, 짝 짝, 돌리고 푼돈 잃어주며 찬성 무드 조성!

초저녁에 반대파 일가친척 더 찾아오면

한밤중에 반대파 이웃사촌 더 더 찾아오고

초저녁에 반대파 이웃사촌 더 찾아오면

한밤중에 반대파 일가친척 더 더 찾아오니

일가친척 복작복작 이웃사촌 복작복작

밤마다 술판을 벌이고

낮마다 화투판을 벌이면서

혈연으로 학연으로 지연으로 얽혀

일부는 자신들도 모르게 찬성 농성을 하고 있어도

오히려 기분이 좋았던가 보더라

일부는 찬성 농성을 하고 있는 자신들을 보면서

오히려 마음이 편했던가 보더라
기분이 좋아지고 마음이 편해졌더라도
금전이 걸린 문제, 금전이 걸린 문제
반대파가 술판에서 찬성파와 어울려서
술에 취해, 띵까띵까 신나가다가도
반대파가 화투판에서 찬성파와 어울려서
푼돈을 따면, 으흠으흠 신나가다가도
찬성파의 속내가 의심스러운지
술판이 끝난 어느 날,
술판을 걷어차고, 우리가 호구로 보이오?
찬성파의 속내가 의심스러운지
화투판이 끝난 어느 날,
화투판을 뒤집고, 우리가 호갱으로 보이오?
반대파가 찬성파에게 고성으로 시시비비하다가 열 받쳐서 삿대질,
찬성파가 반대파에게 고함치며 티격태격하다가 화가 나서 손가락질,
그리고 나선
고향을 빼앗기는 건데 우린들 뭐가 흥겹겠소?
고향에서 쫓겨나는 건데 우린들 뭐가 즐겁겠소?
집집마다 개도 제집을 잃을 것을 아는지
매일 울어 쌓서 온 마을이 시끄럽다잖소

집집마다 고양이도 제집을 잃을 것을 아는지
매일 울어 쌓서 온 마을이 시끄럽다잖소
찬성파가 의기소침해도
그런 말을 받아서
거참, 개가 사람 일을 어찌 알겠소, 심심해서 울겠지라오
거참, 고양이가 사람 일을 어찌 알겠소, 발정 나서 울겠지
라오
반대파가 비비 꼬아댄다
찬성파 염치 씨, 체면군민1 씨, 체면군민2 씨, 체면군민3
씨가
눈 귀가 없어 그 속마음을 모르랴
눈치코치가 없어 그 속마음을 모르랴
반대파 일가친척 중에서 형뻘들을 따로 모시고 존댓말로
속닥속닥,
반대파 이웃사촌 중에서 형뻘들을 따로 모시고 존댓말로
속닥속닥,
다자 회합을 하고 나선, 형님들 먼저 아우들 먼저 부자
되즈아
반대파 일가친척 중에서 아우뻘들을 따로 데리고 너나들
이로 소곤소곤
반대파 이웃사촌 중에서 아우뻘들을 따로 데리고 너나들
이로 소곤소곤

다자 회합을 하고 나선, 아우들 먼저 형님들 먼저 부자
되즈아
이 회합에서
찬성파가 반대파와 불편부당을 약조하고
반대파가 찬성파와 공동보조를 약조하니
밀고 당길 일도 없고 당기고 밀 일도 없어
시행사 측들과 보상금 책정 확정은 만사형통,
시행사 측들과 보상금 지급 수령은 일사천리,
마을마다 돈이로구나
집집마다 돈이로구나
땅이 돈이로구나
땅은 내 땅이어도
돈은 남의 돈이었건만
땅이 남의 땅 되고
돈이 내 돈 되는구나
마을마다 돈이로구나
집집마다 돈이로구나
땅이 돈이로구나
땅을 주고 돈을 받은 자,
땅에서 떠나고
돈을 주고 땅을 받은 자,
땅으로 오는구나

돈이 땅이로구나
땅이 돈이로구나
마을마다 돈이로구나
집집마다 돈이로구나
허당 기자가 농성장에 취재하러 왔다가
술에 취해 손뼉 치며 돈타령을 부르는 체면군민
모조리 찬성파가 된 체면군민을 보고 말문이 막혔는데
체면군민1 씨 왈,
나는 어제부터 반대하지 않기로 했소
화력발전소에 땅을 비싸게 팔아야 하오
나는 늙어 농사지을 기력이 없고
자식들은 시골에서 취직하지 않겠다 하오
체면군민2 씨 왈,
나는 오늘부터 반대하지 않기로 했소
시멘트공장에 땅을 비싸게 팔아야 하오
나는 늙어 농사지을 기력이 없고
자식들은 시골에서 취직하지 않겠다 하오
체면군민3 씨 왈,
나는 내일부터 반대하지 않기로 했소
반도체공장에 땅을 비싸게 팔아야 하오
나는 늙어 농사지을 기력이 없고
자식들은 시골에서 취직하지 않겠다 하오

체면군민1 씨와 체면군민2 씨와 체면군민3 씨가 함께
왈,

체면군수는 체면군민 체면치레도 못 해주는 지자체장이
오

체면군수를 믿고서 농사만 짓고 먹고살 수가 없소

어떤 해엔 체면군수가 고추를 심어라,

체면군민 모두가 심는 바람에

고추가 너무 많이 생산되어

헐값이라 폭망한 해도 있었소, 젠장

염치 씨는 체면군수가 하는 말을 듣지 않고

반대로 고추를 심지 않아 돈을 좀 만진 케이스라

속으론 슬몃 미소, 겉으론 짐짓 가만,

어떤 해엔 체면군수가 오이를 심어라,

체면군민 모두가 심는 바람에

오이가 너무 많이 생산되어

헐값이라 폭망한 해도 있었소, 젠장

염치 씨는 체면군수가 하는 말을 듣지 않고

반대로 오이를 심지 않아 돈을 좀 만진 케이스라

속으론 슬몃 미소, 겉으론 짐짓 가만,

어떤 해엔 체면군수가 상추를 심지 말아라,

체면군민 모두가 심지 않는 바람에

상추가 너무 귀해 금값인데

상추 없어 폭망한 해도 있었소, 젠장
염치 씨는 체면군수가 하는 말을 듣지 않고
반대로 상추를 심어서 돈을 좀 만진 케이스라
속으론 슬몃 미소, 겉으론 짐짓 가만,
어떤 해엔 체면군수가 대파를 심지 말아라,
체면군민 모두가 심지 않는 바람에
대파가 너무 귀해 금값인데
대파 없어 폭망한 해도 있었소, 젠장
염치 씨는 체면군수가 하는 말을 듣지 않고
반대로 대파를 심어 돈을 좀 만진 케이스라
속으론 슬몃 미소, 겉으론 짐짓 가만,
체면군수가 올해부턴 스마트팜을 해보라는데
제기랄 젠장, 늙어서 못 한다오
제기랄 젠장, 기력 없어 못 한다오
앞들에 화력발전소가 건설된다면
뒷산에 시멘트공장이 건설된다면
마을 옆에 반도체공장이 건설된다면
토지 보상비를 받아 실컷 먹고 편히 놀아야겠소
체면군민1 씨와 체면군민2 씨와 체면군민3 씨가 말을
마치자,
염치 씨가 말을 잇는데
어떤 농사꾼은 조상을 잘 만나

시골이라도 수도권 시골에 태어나서
땅부자 되어 돈벼락을 맞는데
우리네 농사꾼은 조상을 잘못 만나
시골이라도 지방 시골에 태어나서
살아생전에 땅 팔 데가 없으면
가난뱅이로 죽는 수밖에 없소
화력발전소든 시멘트공장이든 반도체공장이든
우리 땅에 건설되기를 바랄 수밖에 없소
허당 기자가 신세 한탄을 듣고 나서
가만히 생각해 보니 틀린 말이 아니긴 한데
농지를 지키기 위해 농사를 짓기 위해
체면군민이 투쟁하리라고 기대했던 허당 기자,
한순간 허탈해지고 마는구나
앞들에 가보고 뒷산에 가보고 마을 옆에 가보며
대한민국 21세기 동서남북 어디에
주민들이 체면을 차리며 산다는 체면군이 존재나 하였는
지
정녕 알 수 없어져 버렸것다
이렇게 허당 기자가 씁쓸해할 적에
앞들 들머리로, 뒷산 산발치로, 마을 옆 옆길로
부릉부릉 부르릉, 부릉부릉 부르릉, 부릉부릉 부르릉,
체면군수가 승용차 타고 와서 희죽희죽 희죽거리다가

역시 체면을 차리기보다 돈이 되는 땅을 가져서 좋다아,

소리치며 우하하하 우하하하 혼자서 파안대소,

그러다가 서성거리는 허당 기자를 발견하고는 황급히
사라진

그 다다음날,

농지를 취득할 수 있는 농민이 아닌 체면군수가

업무상 취득한 사전 정보를 이용하여

화력발전소 시멘트공장 반도체공장 예정지에

일찌감치 많은 농지를 매집해 놓은 사실에 대한

등기부등본, 차명소유자 관계증명문서, 현장 사진 등등

불법 행위 관련 입증 자료와

밀착 심층 취재하여 육하원칙으로 작성한

체면군수 관련 기획 기사를

허당 기자가 블로그와 페이스북에 올림과 동시에

에멜무지로 어느 일간지에 기고했더니

즉시 1면 머리기사로 대서특필하고는

허당 기자를 스카우트해 버리는구나

허당 기자가 특종을 하고도

체면군민이 하는 짓에 정나미가 뚝 떨어졌는지

누구하고도 작별 인사하지 않고 떠나가 버린 뒤,

체면군 민간 신규 사업 찬성을 주도하는 대가로

토지 보상금을 많이 **빨리** 받게 해달라는

염치 씨와 체면군민1 씨, 체면군민2 씨, 체면군민3 씨의
청탁을 들어주기로 했던 체면군수는
부동산 불법 투기한 혐의로 수사기관에 구속되었는데,
그 순간에도 체면치레해 보려고
허당 기자를 무고죄로 고소하겠다며 큰소리쳤다더라
한편 체면군 민간 신규 사업이 전면 재검토된다는 소식을
들은
체면군민은 체면군청 앞에 집결하여
화력발전소 시멘트공장 반도체공장 유치를 위한
시위를 이어가고 있구나
햇볕이 내리는 날엔 햇볕을 쬐며, 화력발전소 건설하라!
비가 오는 날엔 비에 젖으며, 시멘트공장 건설하라!
바람이 부는 날엔 바람을 맞으며, 반도체공장 건설하라!
저 햇볕 속에 울려 퍼지는 외침!
저 빗속에서 그치지 않는 함성!
저 바람 속에서 끝나지 않는 절규!
따가운 햇볕은 내리고 내리고 내리고
축축한 비는 오고 오고 오고
서늘한 바람은 불고 불고 불고
저 외침, 저 함성, 저 절규,
건설하라 건설하라 건설하라
이렇게 시위하는 날이 이어지면서

체면군에서 살기만 하면

체면을 차리던 주민이 이젠 체면을 차리지 않게 되었고

체면을 차리지 않던 주민은 더더욱 체면을 차리지 않게
되었구나

체면군에서 체면군민끼리 체면을 어떻게 안 차리게 되었
소? 물으면

혈연 학연 지연 얽혀 차리던 체면이라는 걸

차리면 차릴수록 돈이 안 된다는 걸 알게 되니

중시하지 않게 되었다고 대답하는 주민들이 있더라,

허 거참, 허 거참,

그러구러 시위가 극렬해지자,

구속된 체면군수를 대행하는 부군수가 나서서

시공사 측들과 협상을 재개하여 타결하였다더라

화력발전소 시멘트공장 반도체공장 부지가 확정되기 직
전에

염치 씨와 체면군민1 씨와 체면군민2 씨와 체면군민3
씨는 물론

그곳에 땅을 가진 모든 체면군민이 전혀 체면을 차리지
않은 채,

어제도 우리는 농사꾼, 호호호

오늘도 우리는 농사꾼, 호호호

내일도 우리는 농사꾼, 호호호

낮에도 우리는 농사꾼, 흐흐흐
밤에도 우리는 농사꾼, 흐흐흐
애오라지 씨 뿌리기 위해 산다고 능청을 떨다가
애오라지 추수하기 위해 산다고 의뭉을 떨다가
다른 지방에서 지급된 토지 보상금 계산법에 대하여
염치 씨가 허당 기자에게 얻어들은 정보가 있어
그 정보대로 하는 짓거리를 보면서
제각각 제멋대로 체면일랑 차리지 않고
앞들 논에 값싼 과수 묘목을 촘촘히 심어놨더니
모두 다 화력발전소에 비싸게 팔리고
뒷산 비탈밭에 값싼 과수 묘목을 촘촘히 심어놨더니
모두 다 시멘트공장에 비싸게 팔리고
마을 옆 비닐하우스에 값싼 과수 묘목을 촘촘히 심어놨더
니
모두 다 반도체공장에 비싸게 팔려서
땅값에 묘목 값에 더하여
헌 집 값에 헌 축사 값에 헌 창고 값까지 합하여
보상금을 크게 받은 후에
체면군을 떠서 세상 모든 사람들과 엇비슷하게
더러는 행복하게 살고 더러는 불행하게 산다는
그저 그렇고 그런 이야기가 전해지는데,
그 체면군민이 체면군을 뜬 이듬해,

봄이 되어도 무슨 사정이 생겼는지 시공사 측들이
토목 공사를 착공하지 않아 인적이 끊긴
화력발전소 시멘트공장 반도체공장 부지 일대,
꽃, 꽃, 꽃, 꽃이 피었다오
꽃들만 피어 있다오
이 앞들 논둑엔 자운영꽃들
저 앞들 논둑엔 오랑캐꽃들
꽃, 꽃, 꽃, 꽃이 피었다오
꽃들만 피어 있다오
이 뒷산 비탈밭 가엔 진달래꽃들
저 뒷산 비탈밭 가엔 개나리꽃들
꽃, 꽃, 꽃, 꽃이 피었다오
꽃들만 피어 있다오
이 마을 옆 길섶엔 산수유꽃들
저 마을 옆 길섶엔 생강나무꽃들
꽃, 꽃, 꽃, 꽃이 피었다오
꽃들만 피어 있다오
이 빈집들 뜨락엔 매화꽃들
저 빈집들 뒤란엔 벚꽃들
꽃, 꽃, 꽃, 꽃이 피었다오
꽃들만 피어 있다오

말단가 _{末端歌}

대한민국에서도 한갓진 농촌 지방에
부동산 투기 붐이 일어나지 않던 시절에
잡초군_{雜草郡} 잡화면_{雜花面}이란 곳에
김씨 성을 가진 부부 사이에서
쌍둥이가 태어났는데,
흙 파먹고 사는 농사꾼 그 아비어미가
자식만이라도 펜대를 굴리며 살도록
장래 직업으로 공무원 되기를 소원하여
공무원_{公務員}이라는 직업에서 글자를 따와서
장남에게는 김공무_{金公務}라는 이름을 지어주고
차남에겐 김무원_{金務員}이라는 이름을 지어주었것다
금자동이 은자동이
우리 아기 효자동이
말 잘해 말동이

글 잘 써 글동이

책 잘 봐 책동이

밥 잘 먹어 밥동이

금자동이 은자동이

우리 아기 귀염동이

잠 잘 자 잠동이

옷 잘 입어 옷동이

웃음 잘 웃어 웃음동이

걸음 잘 걸어 걸음동이

아비가 자장가를 부르면 잠투정 안 하는 쌍둥이,

어미가 자장가를 부르면 잠투정 안 하는 쌍둥이,

나물바구니 두 개에 각각 담아서

아비어미가 밭에 들고 나가 밭고랑에 두면

나비가 날아가다가 멈춰서 팔랑팔랑,

구름이 떠가다가 멈춰서 뭉게뭉게,

쌍둥이는 두 팔을 들어 올렸다가 내리고

아비어미가 집에 돌아와 이부자리에 눕히면

새가 날아가다가 처마에 앉아 새소리 내어 재잘재잘,

바람이 불어가다가 문전에 멈춰 바람 소리 내어 쇄아쇄아,

쌍둥이는 고개 이리저리 돌리다가 잠이 드는구나

무릎으로 기다가 걸음마를 하던 유아기 땐

날이 갈수록 쌍둥이는 먹성이 너무 좋아 냠냠냠,

달이 갈수록 쌍둥이는 잠이 깊이 들어 쿨쿨쿨,
해가 갈수록 쌍둥이는 마음껏 뛰어놀아 팔팔팔,
아이에서 소년으로 자라나던 성상기 땐
김공무는 공부하라면 책 읽는 척 딴생각,
김무원은 집안일하라면 숙제하는 척 헛생각,
소년에서 청년이 되어가던 사춘기 땐
김공무는 꽃을 보고도 상념에 빠져 허우적,
김무원은 별을 보고도 잡념에 빠져 허우적,
쌍둥이가 그러하던 그 적에
아비어미가 온종일 논밭에서 일하다가
저녁답에 집에 돌아와 쌍둥이를 한꺼번에 부르는데
기분 좋은 날이면, 공무원아, 잘 지냈니?
기분 그저 그런 날이면, 공무원녀석들아, 공부하나?
기분 나쁜 날이면, 공무원놈들아, 놀러 나갔니?
아무런 대꾸도 하고 싶지 않은 나이가 된 쌍둥이가
잡화면 중학교를 졸업하고
잡초군 읍내 고등학교로 버스 타고 통학하는데,
동서남북 어딜 보나 산뿐이고
산지사방 어딜 보나 들뿐이라,
잡화면 촌구석 한적한 집이 싫고
읍내 번화한 거리가 좋았더라
오일장이 서는 날이면

장에 채소를 들고 나와 파는 아비어미가
수업을 마친 쌍둥이를 만나서
짜장면을 사 주기도 하는
읍내 번잡한 장거리가 좋았더라
거기다가 쌍둥이가
슬슬 잡생각을 할 수밖에 없는 것이
남녀공학 고등학교이다 보니
촌티를 벗고 싶기가 예사라,
멋을 내고 싶기가 인지상정이라,
여학생에게 눈길 가기가 다반사라,
각자 마음 가는 여학생이 생기니
나는 싫네 나는 싫네
촌구석 집구석에
돌아가기가 너무 싫네
야생화가 많아 싫고
곤충이 많아 싫네
나는 좋네 나는 좋네
읍내 거리 저잣거리에
서성대기가 너무 좋네
제과점이 있어 좋고
공원이 있어 좋네
이렇게 맘이 살짝 변하기 시작하자,

잡화면을 떠나 읍내에서 살아갈 궁리를 했것다
우리는 가난한 집안 자식
대학 갈 처지가 안 되잖아
우리 공무원이 되자
부모님이 우리더러
공무원이 되기를 소원하시니
우리가 공무원이 되면
부모님 좋고 우리 좋고
너 좋고 나 좋고
꿩 먹고 알 먹고
도랑 치고 가재 잡고
일석이조가 아니냐
이때가 어느 땐가
쌍둥이가 고등학교 졸업반 때
지방자치제가 실시되고 있던 때라
잡초군청에서 지방공무원을 공개 채용하는데
응시 자격이 잡초군 3년 이상 거주한 자,
나이 만 18세 이상인 자,
해외여행 결격 사유 없는 자,
쌍둥이에게 딱 맞아떨어지는 조건이었것다
각각 말단 행정직 시험 예상 문제집을 달달 외우기를
주구장창,

서로 말단 행정직 시험 예상 문항을 묻고 답하기를 불철주
야,

　쌍둥이가 공부하지 않아서 학교 성적이 별로였지

　아이큐가 나빠서 별로였것냐

　지방공무원 시험 준비하자고 작정하고 덤비니

　머리가 팽팽 돌아가서

　떡하니 단번에 합격하였것다

　얼씨구 좋다 절씨구 좋다

　우리 아들들 공무원이 되었구나

　우리 쌍둥이 공무원이 되었구나

　얼씨구 좋다 절씨구 좋다

　운이 있다 해서 공무원이 되나

　실력이 있어야 공무원이 되지

　얼씨구 좋다 절씨구 좋다

　우리는 일평생 호미질한 농투성이

　아들들은 일평생 펜대 굴릴 공무원

　얼씨구 좋다 절씨구 좋다

　또래 모두들 도시로 나가 공장 다니며

　공돌이 공순이로 지내는데도

　애오라지 농사꾼으로 지내는

　천성이 어진 무골호인 아비도

　천성이 어진 현모양처 어미도

이때만은 동네방네 돌아다니며
아들들 자랑하며 폼을 좀 잡았어도
이웃들이 제 일처럼 기뻐하는구나
축하 축하 축하하오
진정 정말 축하하오
자식 농사 잘 지었소
논밭 농사 잘 지으니
뭔 농사인들 못 짓겠소
손주 농사도 잘 짓겠소
축하 축하 축하하오
진정 정말 축하하오
이웃들이 손뼉을 치면서
아직 며느리도 보지 못한 아비어미에게
손주까지 축원해주니 그 아니 행복하랴
이웃들이 보지 않는 집에 들어오면 저절로 덩실덩실
이웃들이 보지 않는 논밭에 나가면 저절로 덩실덩실
아비어미는 자신들이 지어준 이름 그대로 맞아떨어져
공무원이 된 김공무와 김무원이 이루 말할 수 없이 대견스
러웠더라
쌍둥이에게 읍내에 단칸방을 세 얻어주고 양복을 한 벌씩
사 입히고
집으로 돌아온 아비어미는 소원성취했다고 눈시울을 적

섰다더라

김공무와 김무원이 신임 공무원에 임용되어

잡초군청에 첫 출근한 날,

잡초군수한테 사령장을 받는 강당에서

무척 낯익은 신임 공무원을 보았것다

김공무와 김무원이 사령장보다는

제각각 신임 공무원에게 눈길을 빼앗겨

머리가 아찔아찔,

심장이 두근두근,

마음이 콩닥콩닥,

군수의 환영사가 끝난 뒤 인사하러 부서를 도는 길에

비로소 낯익은 신임 공무원과 얼굴을 마주하니,

어머, 너 김공무 아니니?

남녀공학 고등학교 동기동창,

김공무가 짝사랑했던 여학생 이고희

어머, 너 김무원 아니니?

남녀공학 고등학교 동기동창,

김무원이 짝사랑했던 여학생 박초화

김공무와 김무원이 형색이 지지리도 가난한 농사꾼 자식
이었던지라

읍내 잘사는 집안 자식이 분명한 여학생으로 보여

말 한마디 붙여보지 못했는데

잡초군청에서 신임 말단 공무원으로 만나서
먼저 반갑게 반갑게 말을 걸어왔것다
김공무가 절로 굴러들어온 기회를 놓칠쏘냐
김무원이 절로 굴러들어온 찬스를 놓칠쏘냐
잘사는 집안 자식이면 어떻고
못사는 집안 자식이면 어떻나
이젠 똑같은 신임 공무원 신세 아닌가
이젠 똑같은 말단 공무원 처지 아닌가
김공무는 이고희에게 악수 청하며 싱글싱글
김무원은 박초화에게 악수 청하며 벙글벙글
이리하여 잡초군청에서
이 부서 근무, 저 부서 근무
저 부서 근무, 이 부서 근무
같은 부서 같은 업무를 보면서
다른 부서 다른 업무를 보면서
김공무와 이고희가 사귀고
김무원과 박초화가 사귀는구나
이고희는 아비가 토박이 유지로 내과 의사이고
박초화는 아비가 토박이 유지로 약국 약사라
김공무와 김무원의 농사꾼 아비하고는
잡초군에서 한자리에 앉을 수 없는 신분,
그래서 그렇기에 그러하므로 더욱더

김공무는 동물적 감각으로
살아남기 위하여 이고희에 대시 올인!
김무원은 동물적 감각으로
살아남기 위하여 박초화에 대시 올인!
사랑 사랑 내 사랑이야
어화둥둥 내 사랑이야
나는 네 사랑밖에 모르고
너는 내 사랑밖에 모른다
사랑 사랑 내 사랑이야
어화둥둥 내 사랑이야
너는 내 사랑을 알고
나는 네 사랑을 안다
사랑 사랑 내 사랑이야
어화둥둥 내 사랑이야
네 사랑은 내 운명이고
네 운명은 내 사랑이다
이리하여 마침내 드디어 결혼에 골인하여
김공무는 토박이 유지 의사의 사위로
급 신분 상승, 급 유지 대열 합류,
김무원은 토박이 유지 약사의 사위로
급 신분 상승, 급 유지 대열 합류,
그러나 공무원 사회에는 공무원 사회의 룰이 있는 법,

창졸지간에 승진하여 고위급 공무원이 될 수는 없는 법,
김공무와 김무원이 말단 공무원의 설움을 맛보는데,
급 신분 상승을 시샘한 계장은
김공무와 김무원에게 기안서류 오타 찾아 퉁 주기
급 유지 대열 합류를 시기한 과장은
김공무와 김무원에게 중요 회의마다 깡촌에 출장 보내기
하루 이틀 사흘에는 어리둥절!
한 달 두 달 석 달에는 불평불만!
일 년 이 년 삼 년 만에 무릎 탁!
아뿔싸, 공무원은 승진 못 하면 말짱 꽝이로구나
이고희가 승진하고 나서야
비로소 깨달은 김공무는
이고희한테 한 수를 배우고
박초화가 승진하고 나서야
비로소 깨달은 김무원은
박초화한테 한 수를 배워서
계장과 마주치면 눈을 내리깔고 인사하고
과장과 마주치면 허리를 꺾어 인사하고
사무실에선 권토중래, 집에선 와신상담
오로지 나 자신을 위하여 승진하자!
오로지 아내의 부하가 되지 않기 위해 승진하자 승진하자!
오로지 승진하기 위하여 승진하자 승진하자 승진하자!

계장을 본받아서 무사안일도 능수능란하게
과장을 본받아서 복지부동도 능수능란하게
김공무와 김무원이 일신 일일신 우일신
마침내 무사태평 마침내 보신주의
자신의 일은 안 하고 남의 공로를 가로채기에 통달하자,
공적 조서에 제 업적으로 기록된 남의 업적들이 수두룩
인사 파일에 제 업적으로 기록된 남의 업적들이 수두룩
저절로 승진, 저절로 특별승진, 저절로 정기승진,
에헤야 디야 공무 행위가 별것이냐
에헤야 디야 공무원이 행하면 다 공무 행위
에헤야 디야 공무원은 놀아도 정당한 공무 행위
에헤야 디야 공무원은 헛말해도 적법한 공무 행위
에헤야 디야 행정 행위가 별것이냐
에헤야 디야 공무원이 행하면 다 행정 행위
에헤야 디야 공무원은 휴식해도 정당한 행정 행위
에헤야 디야 공무원은 구라쳐도 적법한 행정 행위
실컷 놀고 나서도 공무 행위를 했다고 하면
놀이도 공무 행위가 되는 이치를 깨달은 신비한 경지에
들어서고
실컷 휴식하고 나서도 행정 행위를 했다고 하면
휴식도 행정 행위가 되는 이치를 깨달은 신기한 차원에
들어서서

계장 타이틀을 단 김공무와 김무원은
민원인이 고충 민원을 제기하면
제가 잘 아는 토박이에겐 유리하게
제가 잘 모르는 타관바치에겐 불리하게
제 마음대로 법규를 해석하기,
제멋대로 조치하기.
민원인이 행정 소송을 제기하면
제가 패소할 걸 뻔히 알면서도
비용 쓰며 추진하지 않으리라 짐작하고
제 입맛대로 법규를 적용하기,
제 꼴리는 대로 시행하기,
합법과 불법의 경계를 자유자재로 드나들 줄 아는 신통방
통한 공무원이 되어가고
정의와 불의의 경계를 자유자재로 드나들 줄 아는 신기방
기한 공무원이 되어갔것다
어화, 잡초군민들아
저 김공무를 좀 봐라
저 김무원을 좀 봐라
잡초처럼 끈질기게 버티고
잡초처럼 커다랗게 커서
부서 중간책임자가 되니
업무상 취득한 정보를

카카오톡으로 주고받는다

왼손에 핸드폰을 들고

오른손을 흔들며

현장에 나다닌다

손짓 발짓이 똑같아서

김공무와 김무원을 구별할 수 없을 지경,

출근할 적에 퇴근할 적에

이고희과 같이 다니면 김공무,

박초화와 같이 다니면 김무원,

아내는 절대로 바뀌지 않으니

이고희가 보이면 김공무,

박초하가 보이면 김무원,

김공무와 김무원이 부부 금슬이 좋아서 잡초군청에 출퇴근을 같이하고

업무상 취득한 정보를 아내와 나누고 장인들에게 미주알고주알 알리는구나

그도 그럴 것이

김공무와 김무원이 제 능력으로만 승승장구하고 고속승진하여 요직에 앉았것냐

잡초군 토박이 유지인 내과 의사 장인과 약국 약사 장인이 남몰래 손을 쓰지 않고 가능했겠느냐

두 놈이 생김새가 똑같고 성질머리가 똑같고 생각까지

똑같아 사사건건 의기투합하여 출세해보려는 욕망을 가진데다,

그 장인들마저 명색이 내과 의사이고 약국 약사여서 겉으로는 존경받는 전문가로 위엄을 지키면서 안으로는 권력을 탐하는 욕망을 가졌으니,

사위들 덕 보고 장인들 덕 보는 상부상조는 당연한 일,

마침 잡초군수 선거와 잡초군의원 선거가 다가온 때라,

호시탐탐 기회를 엿보던 장인들이

바야흐로 속내를 드러내기를

김공무의 장인이 가로대, 난 잡초군수를 한번 하고 접다

김공무가 얼른 받아, 장인어른 진작 했어야 할 일입죠

김무원의 장인이 가로대, 난 잡초군의원을 한번 하고 접다

김무원이 날름 받아, 장인어른 아직 늦지 않은 일입죠

바야흐로 장인들과 사위들이 대동단결하였것다

이날부터 잡초군 정책 정보가 모조리 처가들로 통하니

땅 짚고 헤엄치기, 만사형통이

이런 경우를 두고 하는 말인가 보더라

우선 두 장인이 통장에서 돈을 빼내 선거자금으로 쓰고 싶어 하지 않자,

김공무와 김무원이 선거자금 마련에 잔머리를 굴려서

읍내 주택단지 조성 개발 정보를 슬그머니 빼돌려주니,

두 장인이 주택단지 예정지에 토지를 매입하였다가

보상금을 크게 받아 한몫 챙겼겄다

이 보상금에서 투자금액을 뺀 이익금만으로도 선거를
치르고도 남는데

한 건으로 만족하지 않고 다다익선, 다다익선, 돈은 많으
면 많을수록 좋다

금력부터 확보하고 권력을 획득해야 진정한 금권을 가지
는 거다

요렇게 장인들이 말씀하니

김공무와 김무원이 따르지 않을 수 있겄느냐

읍내 구도심 정비 사업 정보를 재빨리 처가로 빼돌렷!

구도심 구옥을 샀다가 지원금 받아 리모델링해서 되팔기
로 장인들이 한몫, 히잇

읍내 이면도로 신설 개통 사업 정보를 재빨리 처가로
빼돌렷!

신설 개통되는 이면도로변 집들을 샀다가 빌라 신축 분양
하여 장인들이 한몫, 히잇

읍내 버스터미널 이전 부지 선정 정보를 재빨리 처가로
빼돌렷!

이전 부지 주변에 땅을 사서 상가를 신축, 임대하여 장인들
이 한몫, 히잇

살맛난다, 살맛나

이 땅이 뉘 땅이냐

이 땅이 내 땅이다

저 땅이 뉘 땅이냐

저 땅이 내 땅이다

그 땅이 뉘 땅이냐

그 땅이 내 땅이다

살맛난다, 살맛나

이 상가가 뉘 상가냐

이 상가가 내 상가다

저 상가가 뉘 상가냐

저 상가가 내 상가다

그 상가가 뉘 상가냐

그 상가가 내 상가다

살맛난다, 살맛나

이 재물이 뉘 재물이냐

이 재물은 장인 재물

저 재물은 뉘 재물이냐

저 재물은 딸 재물

그 재물은 뉘 재물이냐

그 재물은 사위 재물

살맛난다, 살맛나

잡초군 요소요소에 김공무의 장인이나 김무원의 장인의

손이 안 탄 곳이나 입김이 안 닿은 곳이 없는데,

그런 중에도 김공무와 김무원이 무슨 양심이 남아 있어 정의를 지킨다는 듯이

딱 한 가지, 돈이 안 되는 정책 사업,

아비어미가 사는 잡화면 자연생태 보호구역 지정사업 정보는 처가들에 넘기지 않았더라

드디어 지방자치단체장, 지방의원 선거철이 되어

김공무의 장인은 진보 여당 공천을 받지 못할 것 같자, 보수 야당 공천받아 잡초군수에 입후보!

김무원의 장인은 진보 여당 공천을 받지 못할 것 같자, 보수 야당 공천받아 잡초군의원에 입후보!

거리마다 현수막이 펄럭펄럭

벽마다 벽보가 덕지덕지

김공무의 장인이나 김무원의 장인이나

공약도 슬로건도 단 하나, 단 한 문장,

자신들의 이력하고는 아무런 연관성이 없는 공약,

자신들의 직업하고는 아무런 관련성이 없는 슬로건,

자신들이 읽어봐도 멋져서 웃음꽃이 피어 아하하하하,

자신들이 생각해봐도 멋있어서 웃음보가 터져 어허허허허,

최고의 직업인 의사이고 약사인 자신들이 좋아하는 땅이라면

누구라도 좋아할 수밖에 없다는 인생관으로

최고의 직업인 의사이고 약사인 자신들이 좋아하는 돈이라면

누구든지 좋아할 수밖에 없다는 철학으로

잡초군민이면 좋아하지 않을 수 없는 공약이라 믿어 의심치 않는지

잡초군민이면 좋아하지 않을 수 없는 슬로건이라 믿어 의심치 않는지

언제나 미소 지으며 잡초군 곳곳을 두루 돌아다니며

누구에게나 미소 지으며 잡초군 구석구석을 두루 쑤시고 다니며

핸드마이크 들고 외쳤것다

부동산을 개발하여 군민과 이익을 나누겠습니다!

부동산을 개발하여 군민과 이익을 나누겠습니다!

그러하나 세상만사가 뜻대로 되랴

인간사를 미리 아는 자가 있으랴

선거 유세 기간에 사달이 났으니

어느 날, 어느 저녁, 어느 뉴스 시간에

난데없이 정부에서 망국적 현상인 부동산 투기를 잡겠다며

금융권 대출을 규제한다고 때아니게 발표했것다

지방선거에서 판세가 불리하다 판단한 진보 여당에서

부동산 투기 근절 천명으로 막판 뒤집기를 했다는 설이
분분한 가운데

불똥이 예상대로 부동산을 억수로 꼬불쳐둔 보수 야당
후보들에게로 튀었것다

이튿날부터 선거판이 벌어진 전국 방방곡곡에서 곡소리
가 터지는구나

김공무의 장인이라는 자도 깜놀, 화들짝

내과 의사 주제에 막대하게 투자할 막대한 거금이 제
통장에 있었것냐

김무원의 장인이라는 자도 깜놀, 화들짝

약국 약사 주제에 막대하게 투자할 막대한 거금이 제
통장에 있었것냐

제1금융권에 부동산 담보 대출받고 제2금융권에 부동산
담보 대출받아 투자하였던 것, 사채까지 빌려 투기하였던
것,

땅을 팔아 대출금 갚으시옷!

급매물이 줄레줄레 줄레줄레 땅값이 줄줄이 줄줄이 곤두
박질

집을 팔아 대출금 갚으시옷!

급매물이 줄레줄레 줄레줄레 집값이 줄줄이 줄줄이 곤두
박질

상가를 팔아 대출금을 갚으시옷!

급매물이 줄레줄레 줄레줄레 상가 값이 줄줄이 줄줄이 곤두박질

이래놓으니

김공무의 처가에서도 김무원의 처가에서도 곡소리가 나는구나

아이고 데고 아이고 데고

안 돼! 땅을 못 팔아!

땅을 팔면 나는 알거지가 돼

아이고 데고 아이고 데고

안 돼! 집을 못 팔아!

집을 팔면 나는 알거지가 돼

아이고 데고 아이고 데고

안 돼! 상가를 못 팔아!

상가를 팔면 나는 알거지가 돼

아이고 데고 아이고 데고

안 돼! 안 돼! 안 돼!

못 팔아! 못 팔아! 못 팔아!

아이고 데고 아이고 데고

망할 땐 단번에 망한다고 그 누가 말했던가, 완전히 그 짝,

비극이 올 땐 일시에 온다고 그 누가 말했던가, 완전히 그 짝,

파국이 올 땐 동시다발로 온다고 그 누가 말했던가, 완전히 그 짝,

엎친 데 덮친 격으로

잡초군 첩보를 접수한 상부 기관에서 특별 감사가 나와

김공무와 그 아내 이고희가 자발적으로 작당하고

김무원과 그 아내 박초화가 적극적으로 협조하여

업무상 비공개 정보를 유출한 혐의로 조사를 받은 결과,

파면이라는 중징계가 내려졌으나

당사자들이 직접 부동산 투기를 하지 않은 점이 정상 참작되어

그나마 형사 고소는 면하였다고 하더라

이 소문이 널리 퍼지자,

잡초군청에 김공무와 김무원을 상대로 민원을 자주 내던 어떤 잡초군민이

인터넷 민원창구에 그 혐의에 대해 이렇게 짧은 질의민원을 올렸다 하더라

겁대가리 없이 신분상승죄 아닌가요?

시건방지게 유지행세죄 아닌가요?

싸가지 없이 승진욕구죄 아닌가요?

분수 모르고 처가재산증식죄 아닌가요?

각설하고, 김공무의 장인은 잡초군수 후보에서 중도사퇴,

각설하고, 김무원의 장인은 잡초군의원 후보에서 중도사

퇴,

김공무의 처가는 와장창 풍비박산, 내과도 문 닫고

김무원의 처가는 와르르 몰락파산, 약국도 문 닫고

길바닥에 나앉았다가 각각 친척 집을 찾아가 겨우 빈대 붙어 지내보니

잡초군수가 일장춘몽이로구나

잡초군의원이 일장춘몽이로구나

한편, 김공무는 아내 이고희와 사이에 태어난 두 딸의 양육권을 포기하고 양육비를 매달 지불하는 걸로 협의이혼하고

한편, 김무원은 아내 박초화와 사이에 태어난 두 아들의 양육권을 포기하고 양육비를 매달 지불하는 걸로 협의이혼했건마는

직업이 있나, 직장이 있나,

취업할 수 있나, 취직할 수 있나,

양육비를 벌 수 있나, 양육비를 줄 수 있나,

아무것도 할 수 없는 신세, 한숨만 푹푹

아무 데도 갈 수 없는 신세, 한숨만 푹푹

공원 벤치에 앉아서 하늘만 쳐다보며 하염없이 나날을 흘려보내는구나

뜬구름아,

너는 아무것을 하지 않아도 되는구나

우리는 무언가를 해야 하는 처지,

뜬구름아,

너는 아무 데나 가도 되는구나

우리는 어디로도 갈 수 없는 처지,

뜬구름아,

우리를 찾는 이가 정녕 없느냐

우리가 찾을 이가 정녕 없느냐

김공무와 김무원이 뜬구름을 쳐다보며

비감에 **빠**지던 바로 그 순간,

문득 떠오른 얼굴 얼굴,

잡화면에 사는 아비어미,

너무 오랫동안 뵙지 못했다는 생각이 퍼뜩 들어

걸어서 터벅터벅,

걸어서 터덜터덜,

바람은 시원시원,

풀꽃은 한들한들,

잎새는 팔랑팔랑,

구름은 뭉실뭉실,

강물은 굽이굽이,

들길은 비뚤비뚤,

산길은 울퉁불퉁,

한길은 구불구불,

읍내에서 잡화면까지

김공무가 걸어간다

김무원이 걸어간다

뒤따르는 행렬,

뒤따르는 행렬,

가로수가 뒤따르고 그늘이 뒤따르고 흙먼지가 뒤따르고

돌들이 뒤따르고 바위들이 뒤따르고 벌레들이 뒤따르고

새들이 뒤따르고 햇빛이 뒤따르고 해가 뒤따라도

누가 뒤따라오는지도 모르고

뭣이 뒤따라오는지도 모르고

이리 쳐다보고 저리 쳐다보고

먼산바라기하고 하늘바라기하고

넋을 놓고 오다가 보니

잡화면에 금방 와버렸구나

아아, 저기 아버지 아니신가?

아아, 저기 어머니 아니신가?

하아, 아버지 어머니이시기 이전에

농사꾼이시구나!

하아, 농사꾼이시기 이전에

아버지 어머니이시구나!

하아, 우리는 태어나기 이전부터도

농사꾼 자식이구나

하아, 우리는 태어난 이후부터도

농사꾼 자식이구나

호미질을 하다가 쌍둥이를 발견한 아비어미가 내팽개치고 달려오는구나

아비어미가 아들 하나씩 부여안고 이미 다 알고 있었다는 듯이 우는구나

하이고 불쌍한 우리 새끼

무얼 하다 이제 오나

공무원을 하라고

애지중지 키운 우리 새끼

하이고 가련한 우리 새끼

무얼 하다 이제 오나

공무원을 못 하고

애면글면하는 우리 새끼

하이고 아까운 우리 새끼

무얼 하다 이제 오나

아비어미가 쌍둥이를 데리고 집에 가서 밥상을 차려주니

쌍둥이가 마파람에 게눈감추듯 후딱 먹어 치우는구나

이렇게 귀가한 쌍둥이 김공무와 김무원이

잡화면이 자연생태 보호구역으로 지정된 정책에 맞추어

수많은 야생화를 보호하고 수많은 곤충을 보호하고

자연 친화적인 농사를 지으면서

한평생 흙을 일군 아비어미를 받들어 모시고
아비어미가 살아온 대로 살아갔다고 하더라
이와 전혀 달리 떠도는 풍문에 의하면
김공무, 이고희, 김무원, 박초화가
제각각 소청 심사를 신청했다가 제각각 당연하게 기각되
고
제각각 행정 소송을 제기하여서 제각각 강등처분을 받고
는
공무원으로 복귀하였으나, 빈털터리
재회하고 재결합하였으나, 가난뱅이
빈털터리인 채로 자식들 혼인을 다 시키고
가난뱅이인 채로 부모들 초상을 다 치르고
담당 업무마다 적법하게 처리하고
모범 공무원 부부로 정년퇴직한 후,
잡초군 읍내에서 잡화면으로 귀향하여
남은 생을 안빈낙도 해피엔딩하였다고 하더라, 어질더질

참새가歌 혹은 생쥐가歌

대한민국에서도 파도가 잔잔하여
하루 종일 파도 소리를 들으며
고기 잡는 어민들이 그물을 깁는 풍어군,
풍어군에서도
썰물이 밀려가는 소리를 들으며 잠을 자고
밀물이 밀려오는 소리를 들으며 잠을 깨는 파도면,
파도면에서도
수평선 너머엔 물 반 고기 반 어장이 있는 명사십리,
동네 가까이엔 백사장이 십 리나 되는 명사십리,
사시사철 여행자 관광객이 찾아오는 명사십리,
명사십리에서도 마을 뒷산 산등성이에
금희 씨라는 여인이 혼자 살고 있었는데,
그의 낡은 너와집 처마 속에 사는 참새하고는
낮이면 새의 말소리로 대화한다는 것이고

그의 낡은 너와집 천장 위에 사는 생쥐하고는
밤이면 쥐의 말소리로 대화한다는 것이었겠다
그런 금희 씨로 말할 것 같으면
풍어군 파도면 명사십리에서
어부 부부인 아비어미 사이에서 태어난 토박이,
선천적으로 귀가 먼 아이인데도
어촌에서 청각장애인을 위한 학교가 없어
글자는 어미한테 배워서 읽고 썼으나
수화를 배우지 못하고
또래들과 대화하며 자라지 못했어도
이웃들과 대화하며 자라지 못했어도
머리가 명민하고 마음이 깊어서 그런지
파도 소리를 듣지 못해도
물결 모양만 힐끗 보고도
간조 때가 가까워지는지 만조 때가 가까워지는지 알아차
리고,
말소리를 듣지 못해도
입 모양만 슬쩍 보고도
사람들 사이에 벌어지는 사태를 다 알아차렸더라
이런 금희 씨가 손일을 할 수 있는 나이가 되자,
아비가 밤새 잡아 온 생선을
배에서 내려서 분류 작업하는 부둣가에

어미가 데리고 갔더니

눈썰미가 있고 손이 빨라서

작업량이 어른과 진배없으니

절로 신바람이 난 어미가

마음대로 가락을 붙여서

흥얼흥얼 흥얼흥얼

넙치는 입이 쫌 크고요오

금희는 입이 쫌 작고요오

우럭은 눈이 쫌 똥그랗고요오

금희는 눈이 쫌 가느스름하고요오

농어는 몸이 쫌 길쭉하고요오

금희는 몸이 쫌 통통하고요오

그 즉시 맞받은 금희 씨도

마음대로 가락을 붙여서

흥얼흥얼 흥얼흥얼

넙치는 입이 엄청 크고요오

엄마는 입이 엄청 더 크고요오

우럭은 눈이 엄청 똥그랗고요오

엄마는 눈이 엄청 더 똥그랗고요오

농어는 몸이 엄청 길쭉하고요오

엄마는 몸이 엄청 더 길쭉하고요오

사실상 금희 씨 입에서는

노랫말이 발음돼 나오지 못하고
가락만 흘러나왔더라
이렇게 평온한 나날이 흘러 흘러
이렇게 즐거운 나날이 흘러 흘러
금희 씨가 스무 살 처녀가 되었을 적에
아비어미가 함께 배를 타고
고기 잡으러 나간 밤에
일순간에 해일이 일어났것다
높은 파도가 배를 뒤집어 버렸것다
아비는 선실에서 튕겨 나가 버렸것다
어미는 갑판에서 쓸려 나가 버렸것다
캄캄한 바다,
캄캄한 해류,
캄캄한 사방팔방,
어이하나 어이하나
아비어미를 어이하나
귀 먼 딸을 놔두고
황천길을 가면 되나
바닷가로 나가서는
물결 소릴 듣지 못하고
집으로 돌아와서는
바람 소릴 듣지 못하는

귀 먼 딸은 어찌 살라고
이승에 홀로 남겨두고
아비어미는 자기들만
저승에 가면 되나
어이하나 어이하나
금희 씨는 어이하나
아비의 손짓을
보지 못하게 된 이후로
금희 씨는 낮마다
참새가 하는 말을
절로 알아듣게 됐다던가
어미의 입을
보지 못하게 된 이후로
금희 씨는 밤마다
생쥐가 하는 말을
절로 알아듣게 됐다던가
금희 씨 두 눈에 눈물이 채 마르기도 전에
대출금을 갚지 못한다고 수협은행에서 집을 차압,
차용금을 갚지 못한다고 지인이 텃밭을 차압,
오갈 데 없는 금희 씨를 위하여
이웃 사람들이 뒷산 산등성이에 잠자리를 마련해 주었구
나

이웃 사람들 중에서도 박석철이

소매를 걷어붙이고 목수 일을 하는구나

박석철은 금희 씨와 또래

어릴 적부터 이웃에 살던 친구

공부를 잘하지 못하여

일찌감치 집 짓는 법을 배웠던 터,

햇볕이나 가릴 만하고 비바람이나 막을 만한

부엌 딸린 방 하나

시멘트블록으로 쌓은 벽에 너와 지붕을 올린

작은 너와집 한 채를 금방 뚝딱 짓고,

옷이며 이불이며 밥그릇이며 국그릇이며 수저며 반찬통이며 쌀통이며

이웃 사람들과 함께 다 옮겨주었는데,

그날부터 금희 씨는 두문불출하고 서러운 울음을 쏟아내는구나

앞집도 없고 뒷집도 없고 옆집도 없는 마을 뒷산 산등성이

금희 씨 너와집에는 울음소리가 그치지 않았것다

그 울음소리 커졌다가 작아졌다가

그 울음소리 끊어졌다가 이어졌다가

하늘로 흩어지고 땅으로 스며들어

낮이면 낮마다 밤이면 밤마다 천지간에 가득하였으니

낮에는 참새 한 마리 처마에 날아와 앉아 듣고

밤에는 생쥐 한 마리 천정에 기어 올라와 들었것다
날마다 박석철이 식료품을 사서 찾아와도
금희 씨는 방문을 열고 내다보지도 않고
서럽게 서럽게 우는 날이 이어지고,
박석철도 지쳐서 발길 뚝 끊은
어느 날 낮에 듣다 듣다못한 참새가
참새의 말로 금희 씨에게 말을 걸었으니
그만 우오, 그만 우오
금희 씨가 알아듣고는 참새의 말로 대꾸하였으니
알았어, 울지 않을게
낮에는 참새와 대화하느라 울지 않다가도
밤이 되면 또 울었으니
어느 날 밤에 듣다 듣다못한 생쥐가
생쥐의 말로 금희 씨에게 말을 걸었으니
그만 우오, 그만 우오
금희 씨가 알아듣고는 생쥐의 말로 대꾸하였으니
알았어, 울지 않을게
밤에는 생쥐와 대화하느라 울지 않았것다
낮에는 참새와 노닥거리는 재미에 낮이 가는 줄 모르는
금희 씨,
　밤에는 생쥐와 노닥거리는 재미에 밤이 가는 줄 모르는
금희 씨,

이제는 귀가 틔고 말문이 틔었나 보다고 신이 나서
아비어미 잃은 슬픔도 서서히 잊어가던 어느 날,
방문을 톡톡 두드리는 듯해서 나갔는데
낯익은 청년이 서서 웃으면서
글자가 써진 종이를 펴 보이는구나
'나 알겠지? 김해산이야. 부둣가에 나올래?'
괜히 가슴이 뛰고 숨이 가빠진 금희 씨가
알았어, 갈게
얼른 대답하고는 재빨리 방문을 닫았으나
김해산이 말을 알아듣지 못하고 돌아가는구나
참새의 말을 듣고 참새의 말을 해도
생쥐의 말을 듣고 생쥐의 말을 해도
사람의 말을 듣지 못하고 사람의 말을 하지 못한다는
걸
금희 씨가 문득 깨달았을 땐
김해산이 돌아간 뒤였겠다
김해산이 누구냐?
풍어군 파도면 명사십리에서
금희 씨와 같이 자란 또래,
박석철과 같이 자란 또래,
어릴 적부터 이웃에 살던 친구,
금희 씨와 집안 형편은 엇비슷해도

박석철과 집안 형편은 엇비슷해도
초등학교 때부터 공부를 잘하여
서울 일류 대학에 간 대학생,
군부독재 정권에 저항하는
소위 운동권 학생이었는데도
풍어군 파도면 명사십리에선
아무도 모르고 있었것다
금희 씨도 못 본 지 하 오래되어
당연히 그걸 모르는 채로
김해산을 만나러 집을 나섰것다
금희 씨가 걸어간다
금희 씨가 걸어간다
부둣가로 걸어간다
햇빛이 찰랑찰랑
머리칼이 치렁치렁
걸음걸이가 사뿐사뿐
두 팔이 흔들흔들
금희 씨를 따라서
참새가 공중에서 포르릉
금희 씨를 따라서
생쥐가 길섶으로 쪼르르
바닷바람이 살랑살랑

바닷물이 출렁출렁

금희 씨가 부둣가에 도착하여 둘러보니

마을 사람들이 옹기종기 마을 사람들이 웅기중기

여기서 웅성웅성 저기서 웅성웅성 여기저기서 웅성웅성

김해산이 핸드마이크를 들고 나와

바다를 등지고 어시장을 향해 서자,

마을 사람들이 피켓을 들어 올리는데

이렇게 씌어 있구나

어촌에 원자력발전소가 웬 말이냐!

바닷고기 죽이는 원자력발전소 철회하라!

어민 죽이는 원자력발전소 반대한다!

그렇게 김해산이 외친다, 마을 사람들이 외친다

그렇게 김해산이 소리친다, 마을 사람들이 소리친다

그때 저만큼에 어시장 앞에서 바다를 향해 서서

핸드마이크를 든 박석철이

피켓을 들어 올린 마을 사람들을 향하여

원자력발전소 건설만이 살길이다

어촌 살리는 원자력발전소 환영한다

어민 살리는 원자력발전소 찬성한다

그렇게 박석철이 외친다, 마을 사람들이 외친다

그렇게 박석철이 소리친다, 마을 사람들이 소리친다

그러나, 금희 씨는

말소리를 알아듣지 못해 복창하지 못해도

왼손으로 핸드마이크를 잡아 든 김해산과 박석철

오른손으로 주먹을 불끈 쥐고 쳐든 김해산과 박석철

두 모습을 번갈아 보고는 사태를 알아차렸것다

풍어군 파도면 명사십리에

주민이 두 패로 갈라져 가두시위를 시작하는구나

이쪽에서 선두에 선 김해산이 구호를 선창하고

피켓을 들고 뒤따르는 마을 사람들이 후창하고,

저쪽에서 선두에 선 박석철이 구호를 선창하고

피켓을 들고 뒤따르는 마을 사람들이 후창하고,

금희 씨는 어느 시위 대열도 따라가지 않고

김해산의 모습이 보이지 않으면 김해산을 찾아보려고
목을 **빼고**

박석철의 모습이 보이지 않으면 박석철을 찾아보려고
목을 **빼는**구나

두 시위대는 명사십리에서 출발하여 파도면 소재지를
돌아서 다시 명사십리에 도착하여 해산하는구나

이렇듯 원자력발전소 건설 반대 궐기대회와 찬성 궐기대
회가 몇 달 이어지는 동안,

하루도 **빠짐**없이 구경하던 금희 씨가

어느 날, 지쳐서 터덜터덜 귀가하여

너와집 문지방에 털썩 주저앉으니,

두 발 가지런히 모은 발치에
참새가 포르릉 날아와 앉고
생쥐가 쪼르르 달려와 앉아서
참새는 참새의 말로,
김해산이 아주 멋진 청년이오
언제나 옳은 말만 하오
생쥐는 생쥐의 말로,
김해산이 아주 멋진 청년이오
어디서나 바른 행동만 하오
금희 씨가 좀 쉬고 나서 노래하기를
어떤 구절은 참새의 말로 부르고
어떤 구절은 생쥐의 말로 부르는데,
명사십리 마을이 없어지면
나는 어디로 가야 하지?
참새의 말로 부르는 구절에는,
나를 따라 하늘을 날아다니며
새 둥지에서 살면 되지 않겠소
참새가 화답하고,
명사십리 마을이 없어지면
나는 김해산을 못 만나겠지?
생쥐의 말로 부르는 구절에는,
내가 땅속으로 데려가서

김해산을 만나게 해주겠소

생쥐가 화답하는구나

참새야, 나중 말고 지금

어딘가로 데려가다오

난 어디라도 가고 싶구나

생쥐야, 나중 말고 지금

누군가를 만나게 해다오

난 누구라도 만나고 싶구나

그리하여 그날 당장

낮에는 참새가 금희 씨를 데리고 공중을 날아 올라갔는데,

참새가 커졌는지 금희 씨가 작아졌는지

희한하게도 나란히 공중을 날아가고 있었것다

공중에는 온갖 새들이 잘들 지내고 있었것다

매실나무 자두나무 살구나무 배나무가 수천수만 수천수
만,

감나무 복숭아나무 사과나무 포도나무가 수천수만 수천
수만,

제철이 아닌데도

꽃을 피우고 열매를 맺고 있기도 했것다

새들은 자리다툼 하지 않고 아무 데서나 쪼아 먹으며

제각각 날갯짓을 할 수 있는 대로

공중을 날아다니고 있었것다

금희 씨는 자신이 날아다니는 대로
공중이 새로 생겨나고
언제라도 먹고 싶은 걸 따먹을 수도 있어 놀라워하다가
과일나무들이 우거진 거기,
양동이를 든 어린 금희 씨,
양동이를 든 젊은 금희 씨,
이 과일나무 저 과일나무로
과일을 따는 어린 금희 씨와 젊은 금희 씨,
어린 금희 씨와 젊은 금희 씨가 너무너무 반가운지 웃음
방그르르르,
금희 씨에게 사과 한 알을 건네주며 웃음 방그르르르,
아빠엄마는 배 타고 고기 잡으러 나가셨어
넌 언제 여기 와서 살 거야?
금희 씨가 사과를 한 입 먹는 순간,
친구들한테 나눠주러 갈게
어린 금희 씨와 젊은 금희 씨가 귓속말하고는 돌아섰것다
금희 씨는 아비어미를 기다려볼까 하다가
다음날에 다시 찾아와야겠다고 마음먹고
꿈인 듯 생시인 듯
참새와 나란히 날아 너와집으로 내려왔것다
밤에는 생쥐가 금희 씨를 데리고 땅속으로 걸어 들어갔는
데

생쥐가 커졌는지 금희 씨가 작아졌는지

희한하게도 나란히 땅속으로 들어가고 있었것다

땅속에 온갖 쥐들이 잘들 지내고 있었것다

벼 보리 밀 콩 귀리 참깨 들깨가 수천수만 수천수만,

고구마 감자 당근 무 인삼 생강이 수천수만 수천수만,

제철이 아닌데도

씨알을 맺고 뿌리를 키우고 있기도 했것다

쥐들은 자리다툼 하지 않고 아무 데서나 갉아먹으며

제각각 걸음을 걸을 수 있는 대로

땅속을 돌아다니고 있었것다

금희 씨는 자신이 걸어 다니는 대로

땅속이 새로 생겨나고

언제라도 먹고 싶은 걸 거둬 먹을 수 있어 놀라워하다가

채소들이 우거진 거기,

바구니를 든 어린 금희 씨와 젊은 금희 씨,

이 밭고랑 저 밭고랑으로

나물을 캐는 어린 금희 씨와 젊은 금희 씨,

어린 금희 씨와 젊은 금희 씨가 너무너무 반가운지 웃음

방그르르르,

　금희 씨에게 나물을 한 움큼 건네주며 웃음 방그르르르,

　아빠엄마는 배 타고 고기 잡으러 나갔어

　넌 언제 여기 와서 살 거야?

참새가 혹은 생쥐가 _ 155
참새가 혹은 생쥐가 _ 155

금희 씨가 나물을 맛보려는 순간,

이웃들에게 나눠주러 갈게

어린 금희 씨와 젊은 금희 씨가 귓속말하고는 돌아섰것다

금희 씨는 아비어미를 기다려볼까 하다가

다음날에 다시 찾아와야겠다고 마음먹고

꿈인 듯 생시인 듯

생쥐와 나란히 걸어 너와집으로 올라왔것다

공중을 날아 다녀본 금희 씨,

어린 금희 씨와 젊은 금희 씨를 만나고 온 금희 씨,

땅속을 돌아 다녀본 금희 씨,

어린 금희 씨와 젊은 금희 씨를 만나고 온 금희 씨,

한 번도 풍어군 파도면 명사십리를 떠나본 적 없다가

참새 따라 공중에 올라갈 수 있게 되고

아비어미를 만날 수도 있을 것 같자,

생쥐 따라 땅속에 들어갈 수 있게 되고

아비어미를 만날 수도 있을 것 같자,

살아갈 곳이 두 군데나 더 새로 생겨나서

여태와는 다를 앞날이 궁금해지기도 했것다

여태와는 다를 앞일이 궁금해지기도 했것다

이때가 어떤 때던가

정치군인들이 쿠데타로 정권을 찬탈한 군부독재 시절,

권력자가 저항하는 국민을 탄압하던 독재정권 시절,

잘 먹고 잘살아보자며 공장을 지어대던 개발 독재정권
시절,
  젊은이들은 고향을 떠나 취업하러 공장에 몰려들고
  전기가 없으면 공장을 돌릴 수 없었던 때,
  국민이 싫어한다고 해서 독재정권이 안 하겠냐
  아나, 국민 마음대로 해, 하고 가만히 놔두겠냐
  어느 날 아침 어촌계장이 부두에 나왔다가
  고깃배와 고깃배 사이 바닷물에 둥둥 떠다니던
  익사체 한 구를 건져놓고 보니
  김해산이라,
  즉시 경찰이 수사하고 검시관이 조사하고 나서
  실족 익사로 종결 처리해 버렸것다
  멀찍이서 이 광경을 바라다보고 있던 박석철이
  커다란 비밀 하나를 숨긴 듯한 표정을 짓다가
  뒤돌아서 휘파람 불며 휘파람 불며 집으로 갔것다
  김해산의 아비가 기가 막혀 꺼이꺼이 목 놓아 울어도
  김해산의 어미가 정신을 놓고 내 새끼 내 새끼 소리 질러도
  어찌 된 일인지 이웃들 다가와 한마디 위로하는 이가
없구나
  풍어군 파도면 명사십리 마을 사람 중 다수는 겁먹은
표정,
  풍어군 파도면 명사십리 마을 사람 중 다수는 기겁한

표정,

　풍어군 파도면 명사십리 마을 사람 중 다수는 질겁한
표정,

　아무도 발설하지는 않으나

　낮에 김해산을 따라 원자력발전소 건설 반대 시위를 하고
나면

　밤에 찾아온 낯선 누군가한테 이간질, 공갈협박, 감언이
설에 시달리다가

　원자력발전소 건설 부지로 지정된 땅주인들 집주인들이

　슬그머니 보상금을 챙기고 남몰래 이사를 가버려서

　풍어군 파도면 명사십리는 텅 비워져 버렸것다

　한편, 김해산이 죽었다는 소식을

　마실 다니는 참새와 생쥐한테 전해 들은 금희 씨는

　아비어미 죽었을 때처럼

　그날부터 두문불출하고 울음을 쏟아냈는데,

　그 울음소리가 하도 서럽고 서러워서

　처마에 날아와 앉아 있던 참새도 울고

　천정에 기어 올라와 있던 생쥐도 울고

　둘 다 울다가 지쳐서 울음을 그친 뒤,

　참새는 참새의 말로 위로하고

　생쥐는 생쥐의 말로 위로하는데

　그 말이 가락을 타니

똑같은 노랫말로 울려 퍼졌더라

울음 울지 마오 울음 울지 마오

금희 씨 울음 울지 마오

금희 씨 울음 울면

우리가 절로 눈물 흘리게 된다오

눈물 흘리지 마오 눈물 흘리지 마오

금희 씨 눈물 흘리지 마오

금희 씨 눈물 흘리면

우리가 절로 울음소리 내게 된다오

울음소리 그치오 울음소리 그치오

금희 씨 울음소리 그치오

금희 씨 울음소리 그치지 않으면

우리가 절로 울음 울게 된다오

허구한 날 참새와 생쥐가 노래를 부르니

어느 날 거짓말같이 금희 씨가 울음을 뚝 그치고

방에서 나와 마을로 내려가는구나

집들이 무너지고

가재도구가 뒹굴뒹굴,

건물들이 쓰러지고

유리 창문이 와장창,

전봇대들이 넘어지고

전깃줄이 어질어질,

시멘트 길바닥이 뜯기고

흙먼지가 푸석푸석,

포클레인이 수십 대 덤프트럭이 수십 대

잔해를 실어 나르는 마을 한쪽 구석

함바집에서 박석철이 나와서

금희 씨 팔을 잡아당겨 데려가는구나

김해산이 추락 익사체로 발견되었을 때

박석철이 멀리서 바라다보며 짓던 표정,

커다란 비밀 하나를 숨긴 듯한 표정을 다시 지으며

박석철이 휘파람 불며 휘파람 불며 오가면서

원자력발전소 측과 교섭하여 함바집을 차렸던 것이었것
다

금희야, 밥은 먹느냐 몸은 성하냐 마을은 없어지고 이웃들
은 떠나가고 나는 남아서 현장 사람들에게 밥을 판단다
네가 와서 도와주려무나

박석철이 하는 말을 알아듣지 못해도

금희 씨는 입 모양을 보고 손짓을 보고 알아차렸것다

이따금 박석철이 금희 씨를 향하여 따스하게 미소 지어도

금희 씨는 희미하게 웃다가 말았것다

그날부터 하루 이틀 사흘 나흘……

그날부터 한 달 두 달 석 달 넉 달……

그날부터 한 해 두 해 세 해 네 해……

금희 씨는 아침이면 함바집에 나와서 조리하고 설거지하
기,

저녁이면 너와집에 돌아가서 잠자기,

처음 왔던 참새가 새끼참새를 치고는 죽고, 그 새끼참새가
자라서 어미참새가 되어 또 새끼참새를 치고는 죽고, 그
새끼참새가 자라서 어미참새가 되어 다시 새끼참새를 치고
는 죽기를 얼마나 되풀이했는지 모를 날에

금희 씨가 그 참새들과 이야기를 주고받는 사이에

처음 왔던 생쥐가 새끼생쥐를 치고는 죽고, 그 새끼생쥐가
자라서 어미생쥐가 되어 또 새끼생쥐를 치고는 죽고, 그
새끼생쥐가 자라서 어미생쥐가 되어 다시 새끼생쥐를 치고
는 죽기를 얼마나 되풀이했는지 모를 날에

금희 씨가 그 생쥐들과 이야기를 주고받는 사이에

마침내 드디어 어느 평일날, 명사십리에는 희고 커다란
돔이 불끈 치솟은 원자력발전소가 완공되어 시험가동을
마치고는 전기를 생산하여 송전하기 시작하는구나

이제 함바집을 그만둔 박석철이

김해산이 추락 익사체로 발견되었을 때

멀리서 바라다보며 짓던 표정,

커다란 비밀 하나를 숨긴 듯한 표정을 다시 지으며

휘파람 불며 휘파람 불며 오가면서

원자력발전소 측과 교섭하여

금방 새로이 청소용역회사를 차리고는

금희 씨가 밥벌이를 계속하도록 해주었것다

이따금 박석철이 금희 씨를 향하여 따스하게 미소 지어도

금희 씨는 희미하게 웃다가 말았것다

그날부터 하루 이틀 사흘 나흘……

그날부터 한 달 두 달 석 달 넉 달……

그날부터 한 해 두 해 세 해 네 해……

금희 씨는 새벽이면 원자력발전소 사무실에 나와서 빗질하기 걸레질하기,

저녁이면 너와집에 돌아가서 잠자기,

또다시 참새가 새끼참새를 치고는 죽고, 그 새끼참새가 자라서 어미참새가 되어 또 새끼참새를 치고는 죽고, 그 새끼참새가 자라서 어미참새가 되어 다시 새끼참새를 치고는 죽기를 얼마나 되풀이했는지 모를 날에

금희 씨가 그 참새들과 이야기를 주고받는 사이에

또다시 생쥐가 새끼생쥐를 치고는 죽고, 그 새끼생쥐가 자라서 어미생쥐가 되어 또 새끼생쥐를 치고는 죽고, 그 새끼생쥐가 자라서 어미생쥐가 되어 다시 새끼생쥐를 치고는 죽기를 얼마나 되풀이했는지 모를 날에

금희 씨가 그 생쥐들과 이야기를 주고받는 사이에

느닷없이 난데없이 어느 휴일날,

명사십리에서 사는 온갖 새들이 날아오고 온갖 쥐들이

몰려와서

뒷산 산등성이 금희 씨 너와집 둘레에서 야단법석을 떨기 시작했것다

지진이 일어난다, 소리 질러 쌓는 새도 있고 쥐도 있고,

위급 사태가 일어난다, 바동거리는 새도 있고 쥐도 있고,

몰살할 수도 있다, 온몸을 떨어대는 새도 있고 쥐도 있어

금희 씨가 너와집을 나와 산등성이에 서서 보니,

귀에 아무 소리가 들리지 않고

눈에 믿을 수 없는 광경이 펼쳐지고 있었것다

원자력발전소를 내려다보다가, 손가락으로 가리키며 어 어 어

원자력발전소 앞으로 펼쳐진 바다를 내려다보다가, 손가락으로 가리키며 어 어 어

원자력발전소 옆으로 떨어진 마을을 내려다보다가, 손가락으로 가리키며 어 어 어

금희 씨 청소하던 사무실 건물이 삭,

금희 씨 소속된 청소용역회사 건물이 삭,

어떻게 해? 어떻게 해? 박석철이 저기 어디 있을 텐데, 어떻게 해?

금희 씨에겐 무성영화같이 고요하게 쓸려가고 쓰러지고 밀려가는 저 풍경 풍경 풍경들!

소리꾼은 소리로 표현하지 않을 수 없는 소름 쫘악쫘악

돋고 살 부들부들 떨리는 저 장면 장면 장면들!

어화, 사람들아

금희 씨는 알아듣지 못하더라도

이 소리꾼이 한번 말해 보것다

저 바다에서 몰려온다

저 바다에서 몰려온다

파도가

파도가

쓰나미닷!

쓰쓰쓰 쓰나미닷!

쓰나미닷, 쓰나미닷, 와콰르르르, 쓰나미닷!

쓰나미가 와콰르르르 와콰르르르, 쓰나미가 와콰르르르,

수평선 너머서 밀려오고, 밀려오고, 밀려오고,

백사장으로 밀어닥치고, 밀어닥치고, 밀어닥치고,

원자력발전소 외벽이 갈라지고, 갈라지고, 갈라지고,

원자로에 금이 가고, 금이 가고, 금이 가고,

위험 경고 사이렌이 울리고, 울리고, 울리고,

원자력발전소 양옆 마을에도

쓰나미가 와콰르르르 와콰르르르, 쓰나미가 와콰르르르,

방파제를 넘어버리고, 넘어버리고, 넘어버리고,

배들을 밀며 부두를 넘어오고, 넘어오고, 넘어오고,

집들을 쓰러뜨리고, 쓰러뜨리고, 쓰러뜨리고,

나무들을 뽑고, 뽑고, 뽑고,

논밭을 뒤덮고, 뒤덮고, 뒤덮고,

도로를 뒤엎고, 뒤엎고, 뒤엎고,

마을을 휩쓸고, 휩쓸고, 휩쓸고,

산기슭으로 차오르고, 차오르고, 차오르고,

쓰나미가 와콰르르르 와콰르르르, 쓰나미가 와콰르르르,

수평선 너머서 조업 중인 어선이 뒤집혀버리고, 뒤집혀버리고, 뒤집혀버리고,

백사장에서 산책하는 사람들이 패대기쳐져 버리고, 패대기쳐져 버리고, 패대기쳐져 버리고,

원자력발전소 사무실 직원들이 내동댕이쳐져 버리고, 내동댕이쳐져 버리고, 내동댕이쳐져 버리고,

원자로가 깨져버리고, 깨져버리고, 깨져버리고,

위험 경고 사이렌 소리가 삼켜져 버리고, 삼켜져 버리고, 삼켜져 버리고,

원자력발전소 양옆 마을이 덮여버리고, 덮여버리고, 덮여버리고,

쓰나미가 와콰르르르 와콰르르르, 쓰나미가 와콰르르르,

방파제가 무너져버리고, 무너져버리고, 무너져버리고,

정박 중인 배들이 떠밀려가 버리고, 떠밀려가 버리고, 떠밀려가 버리고,

집들이 부서져 버리고, 부서져 버리고, 부서져 버리고,

나무들이 뒤엉켜 버리고, 뒤엉켜 버리고, 뒤엉켜 버리고,

마을이 뭉개져 버리고, 뭉개져 버리고, 뭉개져 버리고,

논밭이 묻혀 버리고, 묻혀 버리고, 묻혀 버리고,

도로가 망가져 버리고, 망가져 버리고, 망가져 버리고,

산기슭이 잠겨 버리고, 잠겨 버리고, 잠겨 버리고,

쓰나미가 와콰르르르 와콰르르르, 쓰나미가 와콰르르르,

가만, 그 이전에 사람들은 어디로 갔냐?

저기 밀려오는 몰려오는 덮쳐오는 바닷물을 피하려고 달음박질하는 여자아이들이 되돌아가서 각자 부모들을 재촉하며 달음박질하다가 바닷물에 잠겨 흔적 없이 사라지고,

앞서 가던 젊은 아내들이 되돌아가서 각자 물건을 짊어진 젊은 남편들 손을 잡다가 바닷물에 잠겨 흔적 없이 사라지고,

헐레벌떡 뛰던 중년의 아주머니들이 되돌아가서 각자 병든 중년의 아저씨들을 어서 오라고 부르다가 바닷물에 잠겨 흔적 없이 사라지고,

숨을 몰아쉬며 종종걸음 하던 할머니들이 되돌아가 각자 다리를 질질 끄는 할아버지들을 부축하다가 바닷물에 잠겨 흔적 없이 사라지는구나

가만, 그 이전에 가축들은 어디로 갔냐?

여자아이들이 키우던 고양이들은 부모들을 따라가다가 각각 바닷물에 잠겨 흔적 없이 사라지고,

젊은 아내들이 키우던 개들은 젊은 남편들을 따라가다가 각각 바닷물에 잠겨 흔적 없이 사라지고,

중년의 아주머니들이 키우던 소들은 중년의 아저씨들을 따라가다가 각각 바닷물에 잠겨 흔적 없이 사라지고,

할머니들이 키우던 닭들은 할아버지들을 따라가다가 각각 바닷물에 잠겨 흔적 없이 사라지는구나

어화, 사람들아

남녀노소가 흔적 없이 사라지는데,

가축들이 흔적 없이 사라지는데,

이 소리꾼이 질서정연하게 말한다고 해서

저 쓰나미가 질서정연하게 오냐고 묻지 마오

참혹해서 참혹해서 사실대로 다 말 못 한다오

이래 죽고, 저래 죽고, 잠자다가 죽고, 밥 먹다가 죽고, 세수하다가 죽고, 빨래하다가 죽고, 이불 널다가 죽고, 설거지하다가 죽고, 신 신다가 죽고, 운전하다가 죽고, 산책하다가 죽고, 독서하다가 죽고, 데이트하다가 죽고, 손잡다가 죽고, 포옹하다가 죽고, 입 맞추다가 죽고, 귀가하다가 죽고, 꽃 보다가 죽고, 그늘 찾다가 죽고, 한숨 쉬다가 죽고, 웃다가 죽고, 울다가 죽고, 박수 치다가 죽고, 기도하다가 죽고, 노래 부르다가 죽고, 악기 연주하다가 죽고, 꾸중하다가 죽고, 꾸중 듣다가 죽었다오

여기서 죽고, 저기서 죽고, 학교 교실에서 죽고, 운동장에

서 죽고, 교무실에서 죽고, 직장에서 죽고, 창고에서 죽고, 공장에서 죽고, 공원에서 죽고, 주차장에서 죽고, 택시정류장에서 죽고, 버스터미널에서 죽고, 거리에서 죽고, 슈퍼에서 죽고, 편의점에서 죽고, 마트에서 죽고, 빵집에서 죽고, 커피전문점에서 죽고, 갈빗집에서 죽고, 중국집에서 죽고, 백반집에서 죽고, 일식집에서 죽고, 대중사우나에서 죽고, 병원에서 죽고, 약국에서 죽고, 한의원에서 죽고, 밧데리센타에서 죽고, 철물점에서 죽고, 미용실에서 죽었다오

이 말 하다가 죽고, 저 말 하다가 죽고, 엄마 나 더 살아야 할 나이야 말하다가 죽고, 딸아 살아남아야 한다 말하다가 죽고, 우린 다시 헤어지지 말자 말하다가 죽고, 언제까지나 사랑해 말하다가 죽고, 잘못한 거 용서해줘 말하다가 죽고, 다 용서할게 말하다가 죽고, 당신을 만나서 행복했어 말하다가 죽고, 이제 고생 끝이야 말하다가 죽고, 죽는 것이 무서워 말하다가 죽고, 죽은 뒤에 다시 태어날 수 있을까 말하다가 죽고, 여보 저승에서 만나서 다시 살 수 있을까 말하다가 죽고, 저승에서 꼭 만나자 말하다가 죽었다오

이러할 적에
산등성이에서 내려다보고 있던 금회 씨가
저를 낳고 기른 아비어미가 바다에서 죽고
또래 김해산이 바닷물에 죽고
또래 박석철마저 바닷물에 죽고

너무 많디많은 사람들이 바닷물에 죽어서
정신이 아뜩아뜩, 머릿속이 휑뎅그렁
가슴이 벌렁벌렁, 팔다리가 후들후들
금희 씨가 털퍼덕 주저앉아 두 손으로 얼굴을 감싸고는
어깨만 들썩이며 소리 없이 흐느끼다가
꺼이꺼이 꺼이꺼이 통곡하여서
그 울음소리가 산기슭을 타고 울려 나가서
계곡으로 흘러내리다가 산정으로 거슬러 올라가
이 산으로 저 산으로 퍼져나가는구나
온갖 새들이 울음소리 따라서 사방으로 흩어지고
온갖 쥐들도 울음소리 따라서 팔방으로 흩어지건만
금희 씨와 말이 너무나 잘 통하는
늙은 참새 한 마리 포르릉 날아와 머리에 올라앉고
늙은 생쥐 한 마리 쪼르르 기어와 발등에 올라앉아
늙은 참새는 참새의 말로
늙은 생쥐는 생쥐의 말로
금희 씨를 위로하기 위하여 같이 노래를 부르니,
그 노랫말을 사람의 말로 옮기면 이러했더라
울지 마오 울지 마오
금희 씨 울지 마오
가진 것 없는 금희 씨
잘못이 아니라오

너무 많이 가진 인간들
잘못이 자명하오
울지 마오 울지 마오
금희 씨 울지 마오
우리 친척 우리 친구들
돌아다니며 엿들은 말이 있다오
인간들이 원하는 걸 대주려고
공장들이 돌아간다고 했다오
울지 마오 울지 마오
금희 씨 울지 마오
인간이 많이 늘어날수록
공장이 많이 늘어난다고 했소
전기가 너무나 많이 필요하여
원자력발전소 세웠다고 했소
울지 마오 울지 마오
금희 씨 울지 마오
금희 씨는 전등 하나만 켜고
우리는 전깃불 아예 쓰지 않소
숱한 물건 써대는 인간들 탓이고
숱한 물건 만들어대는 공장들 탓이라오
울지 마오 울지 마오
금희 씨 울지 마오

공중에서 살던 새들도
공장 매연 땜에 많이 사라졌다오
땅굴에서 살던 쥐들도
공장 폐수 땜에 많이 사라졌다오
이래저래 쓰나미가 지나간 그 한참 후,
당국이 발표한 조사보고서에 의하면
풍어군 파도면 명사십리
원자력발전소에서 계속 유출되는 방사능이
산을 오염시키고 들을 오염시키고 바다를 오염시키고
명사십리를 오염시키고 파도면을 오염시키고 풍어군을
오염시켜서
쓰나미에 살아남은 인구 오만여 명이 피폭되었으며
가축은 물론 야생동물이 모조리 모조리 피폭되었으며
채소는 물론 야생식물이 모조리 모조리 피폭되었으며
양식 어류는 물론 해양 어류도 모조리 모조리 피폭되었으
며
당국에서는 헬기 수십 대로 콘크리트를 수송,
공중에서 원자력발전소에 투하하여
완전하게 봉쇄하는 작전을 세웠다고 하는데,
피폭된 금희 씨가 너와집에서 떠난 뒤 죽었는지 살았는지
피폭된 늙은 참새가 금희 씨와 함께 떠나서 죽었는지
살았는지

금희 씨를 데리고 공중으로 날아 올라가

이 세상과 다른 세상에서 살고 있는지

피폭된 늙은 생쥐가 금희 씨와 함께 떠나서 죽었는지
살았는지

금희 씨를 데리고 땅속으로 걸어 들어가

이 세상과 다른 세상에서 살고 있는지

아무도 모른다고 아무도 모른다고 전해온다, 어질더질

악질가

초판 1쇄 발행 2022년 08월 22일
　　　2쇄 발행 2022년 11월 22일

지은이 하종오
펴낸이 조기조

펴낸곳 도서출판 b
등　록 2003년 2월 24일 (제2006-000054호)
주　소 08772 서울시 관악구 난곡로 288 남진빌딩 302호
전　화 02-6293-7070(대) 팩시밀리 02-6293-8080
누리집 b-book.co.kr 전자우편 bbooks@naver.com

ISBN 979-11-89898-78-6　　03810
값　　　12,000원